"一带一路"沿线国家经典诗歌文库
（第一辑）

主编　赵振江

副主编　蒋朗朗　宁琦　张陵　黄怒波

孟加拉国诗选

张幸　编译

作家出版社

译者石素真

石素真

笔名石真，一九一八年出生。

中国社会科学院外国文学研究所副研究员、中国作家协会会员。曾任中国翻译工作者协会理事、印度文学研究会副会长。是最早直接从孟加拉语翻译泰戈尔作品的翻译家，东方学家。曾在泰戈尔创建的印度国际大学泰戈尔研究所学习孟加拉语，从事中世纪到当代孟加拉文学的研究，特别着眼于泰戈尔及其作品的翻译研究，曾与冰心、郑振铎合译《泰戈尔诗选》，被教育部指定为《中学生课外文学名著必读》。

译著有《泰戈尔诗选》（与冰心、郑振铎合译）、《伊斯拉姆诗选》（与黄宝生合译）、《嫁不出去的女儿》《采果集·爱者之贻·渡口》《摩克多塔拉》《玛尼克短篇小说》《毒树》《两亩地》《斯里甘特》等。

二〇〇九年十一月四日在北京病逝，享年九十一岁。

译者刘运智

刘运智

一九三五年出生。

一九五三年考入北京大学东方语言文学系，学习印地语。一九五七年毕业，进入外交部工作。一九五九年派驻印度加尔各答总领事馆，专修孟加拉语。中孟建交时作为中国大使馆随员第一批赴达卡工作，后任驻孟加拉国大使馆政务参赞。一九八六年三月随代表团访问孟加拉国和斯里兰卡，任孟加拉语译员。曾参与接待孟加拉国总统、总理访华。

曾为《世界知识》《会外风云》等杂志、《中国百科年鉴》等撰写有关孟加拉的文章（署名为刘之孟、南流等）。

退休后从事文学翻译工作。译著有《甘特先生》《高洁与沉沦》等。参与《泰戈尔作品全集》的翻译，是主要译者之一。

译者董友忱

董友忱

一九三七年出生。

教授，中共中央党校文史教研部原副主任。国际孟加拉学研究会会长，《泰戈尔作品全集》（十八卷，三十三册，人民出版社二〇一五年出版）主编。一九六五年毕业于苏联列宁格勒大学东方系孟加拉语言文学专业，毕业后曾在总参谋部从事翻译和研究工作，后调入中共中央党校。一九九四年起享受国务院特殊津贴。二〇一〇年五月荣获泰戈尔文化大学荣誉文学博士和印度西孟加拉邦文化部颁发的泰戈尔纪念奖。

专著有《泰戈尔画传》《天竺诗人泰戈尔》《诗人之画—泰戈尔绘画欣赏》等；译著有泰戈尔的诗集《画与歌》《春收集》《刚与柔》《心声集》等，中长篇小说《被毁之巢》《沉船》《家庭与世界》《贤哲王》《王后市场》等，短篇小说《莫哈玛娅》《素芭》《笔记本》《活着还是死了》等二十多篇小说，剧本《大自然的报复》《牺牲》《秋天的节日》《滑稽剧本集》等；近代孟加拉语作家般吉姆的小说《印蒂拉》《克里什诺康陀的遗嘱》《月华》《拉吉辛赫》等，孟加拉文学名著《金藤》等。

译者黄宝生

黄宝生

一九四二年出生。

中国社会科学院学部委员。一九六〇年考入北京大学东语系梵文巴利文专业，一九六五年到中国科学院外国文学研究所（今中国社会科学院外国文学研究所）工作至今。现任外国文学研究所研究员，中国社会科学院学部委员。曾任中国社会科学院外国文学研究所所长、中国外国文学学会会长、中国作家协会全国委员会委员等。曾获印度政府颁发的印度总统奖（二〇一二年）、莲花奖（二〇一五年）、南印教育学会国民杰出成就奖（二〇一九年）。

著有"梵汉佛经对勘丛书"《入楞伽经》等十册，《巴汉对勘〈法句经〉》《〈摩诃婆罗多〉导读》《梵学论集》《印度古代文学》《印度古典诗学》《梵汉诗学比较》等。译有《摩诃婆罗多》（六卷），《梵语诗学论著汇编》（二卷），《佛本生故事选》（增订本），"梵语文学译丛"《十王子传》等十二册，《奥义书》《瑜伽经》《实用巴利语语法》《印度佛教史》等。编写梵文巴利文教材《梵语文学读本》《梵语佛经读本》《巴利语读本》《罗怙世系》等。

译者白开元

白开元

一九四五年出生。

一九六五年被派往达卡大学学习孟加拉语。一九六九年回国，分配到国际广播电台孟加拉语部工作。二○○○年获译审高级职称。在国际台从事中译孟四十余年，翻译新闻及专稿约四百万字。二○一二年被授予资深翻译家荣誉证书。

业余时间从事孟加拉文学翻译，出版五十余种译著。任二○一六年人民出版社出版的《泰戈尔作品全集》副主编，负责诗歌部分翻译校对。该全集收入其翻译的七万八千八百三十三行诗、以及一百七十五万三千一百四十七字的散文、小说和剧本。

现为中国作家协会会员、中国印度文学研究会理事。

译者张幸

张幸

一九八二年出生。

北京大学外国语学院南亚学系副教授，南亚文化教研室、孟加拉语教研室主任，东方文学研究中心研究员。曾在孟加拉国达卡大学、德国马丁·路德大学留学。德国柏林洪堡大学、加拿大蒙特利尔大学访问学者。主要从事南亚社会与文化、孟加拉语言文学、中印文化交流及跨文化研究。

获得科研基金支持先后在南亚及欧美多国进行教学科研，并参与多项国家社科基金项目。在国内外核心期刊上发表多篇学术论文，在德国、新加坡出版英文专著两部。相关论作包括《孟加拉语诗人泰戈尔与纳兹鲁尔·伊斯拉姆诗歌创作比较》《孟加拉民族诗人卡齐·纳兹鲁尔·伊斯拉姆的传奇人生 ——〈卡齐·纳兹鲁尔·伊斯拉姆小传〉》译评等，译作包括《鸠摩罗出世》与《沙恭达罗》（泰戈尔著）等。受聘担任二〇一六年版《泰戈尔作品全集》主编助理、编委、译者。

现任国际孟加拉学会常务理事、中国南亚学会分会南亚语种学会常务理事、中国外国文学学会印度文学研究分会理事。

译者边慧媛

边慧媛

一九九一年出生。

西安外国语大学印地语专业学士，北京大学外国语学院印度语言文学专业硕士，北京大学外国语学院印度语言文学专业博士。研究方向为近现代印度语言文学，印度宗教，印度文化，中印佛教文化交流。

译者刘丽文

刘丽文

一九九三年出生。

北京大学外国语学院南亚学系本科及硕士毕业，现为加拿大多伦多大学宗教系博士候选人。研究方向包含中世纪梵语思想史、密教研究、印度教仪式研究。涉及梵语、孟加拉语、印地语等多种语言文献及写本。

译者张雅能

张雅能

一九九三年出生。

北京大学印度语言文学专业本科及硕士毕业，新西兰奥克兰大学人类学专业博士在读，主要研究方向为印度现当代音乐文化中的身份、流派等问题。

现任北京第二外国语学院亚洲学院讲师，中国南亚学会分会南亚语种学会常务理事。

目　录

总　序

　　二○一三年秋，习近平主席先后提出建设"丝绸之路经济带"和"二十一世纪海上丝绸之路"（简称"一带一路"）的倡议。"一带一路"一经提出，便在国外引起强烈反响，受到沿线绝大多数国家的热烈欢迎。如今，它已经成了我们在政治、经济和文化生活中最具活力的词语。"一带一路"早已不是单纯的地理和经贸概念，而是沿线各国人民继往开来、求同存异、构建人类命运共同体的幸福路、光明路。正如一首题为《路的呼唤》[1]的歌中所唱的：

　　　　……
　　　　有一条路在呼唤
　　　　带着心穿越万水千山
　　　　千丝万缕一脉相传
　　　　就注定了你我相见的今天
　　　　这一条路在呼唤
　　　　每颗心都是远洋的船
　　　　梦早已把船舱装满
　　　　爱是我们共同的家园
　　　　……

　　习主席关于构建人类"政治互信、经济融合、文化包容的利益共同体、命运共同体和责任共同体"的主张是人心所向，众望所归。联合国将"构

---

1 《路的呼唤》：中央电视台特别节目《一带一路》主题曲，梁芒作词，孟文豪谱曲，韩磊演唱。

建人类命运共同体"写入大会决议，来自一百三十多个国家的约一千五百名贵宾出席二〇一七年五月十四日在北京举行的"一带一路"国际合作高峰论坛，就是最有力的证明。

在国与国之间，政治互信、经济融合、文化包容的基础在民心，而民心相通的前提是相互了解和信任。正是出于这样的理念，我们决定编选、翻译和出版这套"'一带一路'沿线国家经典诗歌文库"，因为诗歌是"言志"和"抒情"最直接、最生动、最具活力的文学形式，诗歌最能反映大众心理、时代气息和社会风貌。"'一带一路'沿线国家经典诗歌文库"是加强沿线各国人民之间相互了解和信任的桥梁。

"'一带一路'沿线国家经典诗歌文库"的创意最初是由作家出版社前总编辑张陵和中国诗歌学会会长骆英在北京大学诗歌研究院院会提出的。他们的创意立即得到了谢冕院长和该院研究员们的一致赞同。但令人遗憾的是，在本校的研究员中只有在下一人是外语系（西班牙语）出身，因此，他们就不约而同地把这套书的主编安在了我的头上。殊不知在传统的"一带一路"沿线国家中，没有一个是讲西班牙语的。可人家说："一带一路"是开放的，当年"海上丝绸之路"到了菲律宾，大帆船贸易不就是通过马尼拉到了墨西哥吗？再说，巴西、智利、阿根廷三国的总统不是都来参加"一带一路"国际合作高峰论坛了吗？怎么能说"一带一路"和西班牙语国家没关系呢？我无言以对。

古丝绸之路是指张骞（前一六四年至前一一四年）出使西域时开辟的东起长安，经中亚、西亚诸国，西到罗马的通商之路。二〇一三年九月七日，习近平主席在哈萨克斯坦纳扎尔巴耶夫大学演讲时，提出共建"丝绸之路经济带"的主张，赋予了这条通衢古道以全新的含义，使欧亚各国的经济联系更加紧密、相互合作更加深入、发展空间更加广阔，从而造福沿途各国人民。至于古老的"海上丝绸之路"，自秦汉时期开通以来，一直是沟通东西方经济和文化交流的重要渠道，尤其是东南亚地区，自古就是"海上丝绸之路"的重要枢纽。习主席建设"二十一世纪海上丝绸之路"的构想使其在新的历史起点上，有了更加重要而又深远的意义。

"一带一路"沿线国家主要包括西亚十八国（伊朗、伊拉克、格鲁吉亚、亚美尼亚、阿塞拜疆、土耳其、叙利亚、约旦、以色列、巴勒斯坦、沙特阿拉伯、巴林、卡塔尔、也门、阿曼、阿拉伯联合酋长国、科威特、黎巴嫩），中亚五国（哈萨克斯坦、土库曼斯坦、吉尔吉斯斯坦、乌兹别克斯坦、塔吉克斯坦），南亚八国（尼泊尔、不丹、印度、巴基斯坦、孟加拉国、斯里兰卡、马尔代夫、阿富汗），东南亚十一国（印度尼西亚、马来西亚、菲律宾、新加坡、泰国、文莱、越南、老挝、缅甸、柬埔寨、东帝汶），中东欧十六国（阿尔巴尼亚、波斯尼亚和黑塞哥维那、保加利亚、克罗地亚、捷克、爱沙尼亚、匈牙利、拉脱维亚、立陶宛、马其顿、黑山、罗马尼亚、波兰、塞尔维亚、斯洛伐克、斯洛文尼亚）。独联体四国（俄罗斯、白俄罗斯、乌克兰、摩尔多瓦），再加上蒙古和埃及等。

从上述名单中不难看出，"一带一路"沿线国家多为文明古国，在历史上创造了形态不同、风格各异的灿烂文化，是人类文明宝库重要的组成部分。诗歌是文学的桂冠，是文学之魂。文明古国大都有其丰厚的诗歌资源，尤其是经典诗歌，凝聚着国家和民族的精神和理想。各国之间的文化交流与经贸往来，既相互交融又相互促进，可以深化区域合作，实现共同发展，使优秀文化共享成为相关国家互利共赢的有力支撑，从而为实现习主席构建人类命运共同体的伟大目标打下坚实的文化基础。

"一带一路"沿线国家多是发展中国家。长期以来，我们一直比较重视对欧美发达国家诗歌的译介，在"经济一体、文化多元"的今天，正好利用这难得的契机，将这些"被边缘化"国家的传统文化和民族精神纳入"一带一路"的建设，充分发掘它们深厚的文化底蕴，让它们的古老文明在当代世界发挥积极作用，使"文库"成为具有亲和力和感召力的文化桥梁。

"一带一路"沿线国家又多是中小国家。它们的语言多是非通用的"小语种"，我国在这方面的人才储备相对稀缺，学科建设相对薄弱；长期以来，对这些国家的文学作品缺乏系统性的译介和研究。从这个意义上说，"文库"的出版具有填补空白的性质，不仅能使我们了解这些国家的诗歌，也使相关的学科建设和学术研究有了新的生长点。

"'一带一路'沿线国家经典诗歌文库"的现实意义和深远影响已经很清楚了，但同样清楚的是其编选和翻译的难度。其难点有三：一是规模庞大，每个国家一卷，也要六十多卷，有的国家，如俄罗斯、印度，还不止一卷；二是情况不明，对其中某些国家的诗歌不是一无所知也是知之甚少，国内几乎从未译介过，如尼泊尔、文莱、斯里兰卡等国；三是语言繁多，有些只能借助英语或其他通用语言。然而困难再多，编委会也不能降低标准：一是尽可能从原文直接翻译，二是力争完整地呈现一个国家或地区整体的诗歌面貌。

总之，"文库"的规模是宏大的，任务是艰巨的，标准是严格的。如何完成？有信心吗？答案是肯定的。信心从何而来呢？我们有译者队伍和编辑力量做保证。

"'一带一路'沿线国家经典诗歌文库"的编译出版由北京大学外国语学院和作家出版社联袂承担，可谓珠联璧合，阵容强大。

北京大学外国语学院是国内外国语言文学界人才荟萃之地，文学翻译和研究的传统源远流长。北大外院的前身可以追溯到京师同文馆（一八六二年）和京师大学堂（一八九八年）。一九一九年北京大学废门改系，在十三个系中，外国文学系有三个，即英国文学系、法国文学系、德国文学系。一九二〇年，俄国文学系成立。一九二四年，北京大学又设东方文学系（其实只有日文专业）。新中国成立后，东语系发展迅速，教师和学生人数都有大幅度增长。一九四九年六月，南京东方语言专科学校和中央大学边政学系的教师并入东语系。到一九五二年京津高校院系调整前，东语系已有十二个招生语种、五十名教师、大约五百名在校学生，成为北大最大的系。

一九五二年院系调整时，重新组建西方语言文学系、俄罗斯语言文学系和东方语言文学系。其中西方语言文学系包括英、德、法三个语种，共有教师九十五人，分别来自北大、清华、燕大、辅仁、师大等高校（一九六〇年又增设西班牙语专业）；俄罗斯语言文学系共有教师二十二人，分别来自北大、清华、燕大等高校；东方语言文学系则将原有的西藏语、维吾尔语、西南少数民族语文调整到中央民族学院，保留蒙古、朝鲜、日、越南、暹罗、印尼、缅甸、印地、阿拉伯等语言，共有教师四十二人。

北京大学外国语学院于一九九九年六月由英语系、西语系、俄语系和东语系组建而成，下设十五个系所，包括英语、俄语、法语、德语、西班牙语、葡萄牙语、日语、阿拉伯语、蒙古语、朝鲜语、越南语、泰国语、缅甸语、印尼语、菲律宾语、印地语、梵巴语、乌尔都语、波斯语、希伯来语等二十个招生语种。除招生语种外，学院还拥有近四十种用于教学和研究的语言资源，如意大利语、马来语、孟加拉语、土耳其语、豪萨语、斯瓦希里语、伊博语、阿姆哈拉语、乌克兰语、亚美尼亚语、格鲁吉亚语、阿塞拜疆语等现代语言，拉丁语、阿卡德语、阿拉米语、古冰岛语、古叙利亚语、圣经希伯来语、中古波斯语（巴列维语）、苏美尔语、赫梯语、吐火罗语、于阗语、古俄语等古代语言，藏语、蒙语、满语等少数民族及跨境语言。学院设有一个一级学科博士点、十个二级学科博士点和一个博士后流动站，为北京市唯一外国语言文学重点一级学科。学院师资力量雄厚：全院共有教师二百一十二名，其中教授六十名、副教授八十九名、助理教授十六名、讲师四十七名，拥有博士学位的教师一百六十三人，占教师总数的百分之七十七。

　　从以上的介绍不难看出，北京大学外国语学院的语言教学和科研涵盖了"一带一路"的大部分国家，拥有一批卓有成就的资深翻译家和崭露头角的青年才俊，能胜任"文库"的大部分翻译工作。至于一些北大没有的"小语种"国家，如某些中东欧国家，我们邀请了高兴（罗马尼亚语）、陈九瑛（保加利亚语）、林洪亮（波兰语）、冯植生（匈牙利语）、郑恩波（阿尔巴尼亚语）等多名社科院外文所和兄弟院校的专家承担了相应的翻译工作，在此谨对他们表示诚挚的敬意和衷心的感谢。

　　有好的翻译，还要有好的编辑。承担"'一带一路'沿线国家经典诗歌文库"编辑出版任务的作家出版社是国家级大型文学出版社，建社六十多年来出版了大量高品质的文学作品，积累了宝贵的资源和丰富的经验。尤其要指出的是，社领导对"文库"高度重视，总编辑黄宾堂、前总编辑张陵、资深编审张懿翎自始至终亲自参与了所有关于"文库"的工作会议，和北大诗歌研究院、北大外国语学院的领导一起，精心策划，全力以赴，保证了"文库"顺利面世。

　　最后还要说明的是，"'一带一路'沿线国家经典诗歌文库"得到了北大校领导的大力支持。"文库"第一批图书的出版恰逢北京大学建校一百二十周年（一八九八年至二〇一八年），编委会提出将这套图书作为对校庆的献礼。校领导欣然接受了编委会的建议，并在各方面给予了大力支持，校党委宣传部部长蒋朗朗同志从始至终参与了"文库"的策划和领导工作。至于北京大学外国语学院的领导更是责无旁贷地承担了全部翻译工作的设计、组织和落实。没有他们无私忘我、认真负责的担当，完成这样艰巨的任务是不可能的。

　　"'一带一路'沿线国家经典诗歌文库"第一批诗作即将出版，这只是第一步，更艰巨的工作还在后头；更何况随着时间的推移，"一带一路"的外延会进一步扩展，"文库"的工作量和难度也会越来越大。但无论如何，有了这样的积累，我们完全有理由相信，"'一带一路'沿线国家经典诗歌文库"会越来越好。为了实现这样的目标，我们期待着领导、业内同仁和广大读者的批评指教。

赵振江

二〇一七年秋

于北京大学蓝旗营寓所

前　言

　　孟加拉国，全称孟加拉人民共和国，是诞生于一九七一年的年轻国家，同时也是拥有悠久历史、独特地理环境和深厚文化底蕴的南亚人口密度最高的国家，目前排在世界人口大国的第八位（二〇一九年的人口统计为一亿六千六百万）。孟加拉地区曾在古代"丝绸之路"中扮演重要角色，在当今我国提出共建"新丝绸之路经济带""二十一世纪海上丝绸之路"合作倡议和"孟中印缅经济走廊"建设中，孟加拉国更是重要参与者。

　　孟加拉国地处由喜马拉雅山脉的水流向南冲积而成的恒河—布拉马普特拉河三角洲，东、西、北三面与印度毗邻，东南与缅甸接壤，南濒孟加拉湾。自古以来孟加拉不是一个界定清晰的地区，广义的孟加拉地区包括目前孟加拉国和印度西孟加拉邦在内的以孟加拉民族为主要居民的区域。现代孟加拉人属于欧罗巴人种，其主体是印度—雅利安人一个分支的后裔。孟加拉民族的特征随着孟加拉语自八世纪的产生而逐渐形成并显现出来。受领土、语言、文化和宗教等多重因素影响，特别是伊斯兰教兴盛的作用，产生了穆斯林孟加拉人和非穆斯林孟加拉人两种身份认同。英殖民时期（一七五七年至一九四七年），尤其是一九〇五年至一九一一年对孟加拉实施东西两省分治，导致了整个孟加拉地区的穆斯林和印度教徒成为明晰的政治类别，最终导致了一九四七年英殖民统治结束后的印巴分治，以及一九七一年孟加拉国的诞生。孟加拉民族现在大体一分为二，其中近三分之二以穆斯林为主的孟加拉人居住在孟加拉国，约三分之一以非穆斯林为主的孟加拉人居住在毗邻的印度西孟加拉邦等地。

　　作为孟加拉国国语的孟加拉语（Bengali）是南亚—印度语言文化的重要组成部分。根据二〇一九年的统计数据，孟加拉语的使用人口在三亿以

1

上，按母语人口排序是世界第六大语种。除了孟加拉国，它也是印度西孟加拉邦（约一亿人）和特里普拉邦（四千万人）的官方语言。孟加拉语属于印欧语系印度—雅利安语支的东部分支，为该分支从古吠陀语演变发展出的四种方言之一。孟加拉语成为孟加拉三角洲主要语言的过程长达数个世纪，原因之一是孟加拉三角洲的统治权力长时期内是由外来的非孟加拉人所掌控，社交、商贸、礼仪等社会活动所使用的语言多为外来语。孟加拉语作为一门通用语，在波罗王朝时期（约七七八年至一〇一八年）开始逐渐规范文字和语法，形成固定的语言和文字，成为孟加拉人的母语。孟加拉语在成为成熟语言后曾在使用上有文言文与白话文的不同，在十九世纪孟加拉文艺复兴时期，孟加拉语的书面语言逐渐与口语一致，形成生机勃勃、词汇丰富、拥有强大表现力的优美语言，同时产生出丰富的历史文献和文学作品。孟加拉文使用拼音文字，其字体由古印度婆罗米字母演化而来，称为孟加拉体，对于受过教育的孟加拉人而言，手写体的美感是一种视觉享受。

孟加拉曾是南亚次大陆人口最稠密、经济最发达、文化最繁荣的地区，多元包容的孟加拉文学和文化在南亚学以及印度近现代各民族语言文学的发展历史进程中有着重要和特殊的地位，诗歌是其中的重要组成部分。孟加拉语文学具有悠久的诗歌传统，最早的孟加拉文学作品是《品行歌》（又译作《佛歌集》），成书于公元一千至一千二百年间，是佛教僧侣创作的唱诵诗。胜天的《牧童歌》成书于十二世纪末，被认为是孟加拉诗歌的源头。自十三世纪开始的几个世纪中，先后出现了毗湿奴派和虔信派印度教诗人以及穆斯林诗人，他们创作了大量颂神、抒情与叙事等题材的孟加拉语诗歌。

近代孟加拉语文学始于十九世纪中叶。由于孟加拉地区是英殖民统治的中心，因而受过英语教育且富有民族主义思想的知识分子也早于印度其他地区出现。这一阶段的文学与诗歌是与反封建、反殖民主义的斗争联系在一起的。迈克尔·默图苏丹·德特（一八二四年至一八七三年）的诗歌尝试用欧洲十四行诗体创作孟加拉语诗歌并取得成功，体现了英国文学对孟加拉文学的影响。比哈利拉尔·查克拉博蒂（一八三五年至一八九四年），是十九世纪下半叶孟加拉文坛上首次用民歌形式抒发个人情感的诗人，借助于个人灵感和歌韵的表现力来创作诗歌，他给孟加拉诗歌带来清新活力，被誉为孟加拉诗歌之林的"晨鸟"。

现代孟加拉语文学的标志性人物是罗宾德拉纳特·泰戈尔（一八六一年至一九四二年），他通过其创作的诗歌、小说、戏剧等使孟加拉语文学超出地域和国家的界限，开辟了印度文学史上一个崭新的时代。一九一三年他凭借诗作《吉檀迦利》获得诺贝尔文学奖，成为亚洲第一位获此殊荣者。他的作品对印度现代文学乃至整个东方文学都产生了重要而深远的影响。

卡齐·纳兹鲁尔·伊斯拉姆（一八九九年至一九七六年），是继泰戈尔之后出现的现代孟加拉语文学的代表人物。他于一九二一年创作的长诗《叛逆者》引起了社会的极大反响，轰动了当时的印度文坛，并被译成多种印度文字广为传播，伊斯拉姆也由此得名"叛逆诗人"。他一生共出版了《毒笛》等二十三部诗作，曾被孟加拉国政府授予代表最高荣誉的"二十一日奖章"[1]。

查希姆乌汀（一九〇三年至一九七六年）是与伊斯拉姆同时期的又一位现代孟加拉语文学的代表，因擅长在诗中表现乡村风貌和村民生活被称为"田园诗人"，是二十世纪孟加拉田园文学的关键人物。他因叙事诗《墓》的发表而一举成名，长篇叙事诗《锦绣原野》是他的代表作。他的诗作格调清新、语言生动并充满乡土气息，被译成英、俄、德、西等多国文字，在诗坛上独树一帜。

一九四七年的印巴分治使孟加拉地区一分为二分属于两个不同国家，穆斯林孟加拉人主要居住区的东孟加拉归属于巴基斯坦联邦。分治后的东、西巴基斯坦围绕孟加拉语的国语地位的民族矛盾趋于尖锐，一九五二年二月二十一日在东孟加拉爆发为争取使孟加拉语成为巴基斯坦国语之一的语言运动，使孟加拉成为世界上罕有的一个为捍卫本民族语言而不惜献出生命的民族。怀有强烈语言情感与自信的东孟加拉人纷纷投身语言运动，使孟加拉文化成为孟加拉人跨越阶级、区域、宗教界限而紧密团结的共同精神源泉，并最终争得民族国家——孟加拉国于一九七一年的诞生。二月二十一日这一特殊日子，由联合国教科文组织在一九九九年十一月第三十届一般性大会上宣布从二〇〇〇年起设定为"国际母语日"。孟加拉

1　"二十一日奖章"：是孟加拉国政府授予的最高国民嘉奖之一，为纪念一九五二年二月二十一日孟加拉语言运动而设，奖章颁发给在孟加拉文学、艺术、教育、新闻等领域做出杰出贡献的人。一九七六年，第一批"二十一日奖章"获得者有包括卡齐·纳兹鲁尔·伊斯拉姆在内的九人。之后每年的二月二十一日举行奖章颁发典礼，延续至今。

国的诞生，使历史上始终统一的孟加拉语文学的历史进程也走上了以加尔各答（印度西孟加拉邦首府）和达卡（孟加拉国首都）两个中心分别发展的道路。虽然受到地缘政治以及宗教、经济等多重因素的影响，以达卡为中心的孟加拉语文学的发展在二十世纪下半叶遭遇了困扰，但在孟加拉国的土地上仍孕育出比印度西孟加拉邦更多的孟加拉语诗歌，出现了一批数量可观的优秀诗人及其作品。其中的主要代表有：

萨义德·阿里·阿赫桑（一九二二年至二〇〇二年），著名现代孟加拉诗人、教育家和文学评论家。出版诗集有《许多天空》《春天孤单的黄昏》《呐喊》等，他的诗歌《我的东孟加拉》被认为是孟加拉语文学中最优秀的爱国诗歌之一。除了诗集，他还出版多部论著及译著。曾获孟加拉研究院文学奖、"二十一日奖章"、"独立日奖"等。

沙姆苏尔·拉赫曼（一九二九年至二〇〇六年），被认为是二十世纪下半叶最杰出的孟加拉语诗人之一。一九六一年他出版第一部诗集《第二次死亡前的第一支歌》，之后相继出版了六十六部诗集。他通晓诗歌韵律，早期作品以情感抒发为主，带有浪漫主义色彩和现代生活气息，之后的题材逐渐广泛，对人道主义、宗教、民主以及民族解放等主题都有所表现，曾获得孟加拉研究院文学奖等多个重要文学奖项。

萨义德·沙姆苏尔·豪克（一九三五年至二〇一六年），著名孟加拉国诗人、词作家和作家，在诗歌、小说、戏剧、短篇小说和翻译等领域都有建树，被称作"全能作家"，对孟加拉语文学做出了巨大贡献。主要诗集包括《无休止的节日》《回声》等。三十一岁时获得孟加拉研究院文学奖，成为该奖项获得者中最年轻的一位，也曾获"二十一日奖章"与"独立日奖"。

法塞尔·沙哈布汀（一九三六年至二〇一四年），孟加拉语诗人、文学编辑、记者。在四十余年的创作生涯中，发表了二十七部作品，包括《饥饿的烈火中孤身一人》《空中的森林》《无光无暗》等多部诗集，其诗歌风格独特，内容丰富，被翻译成不同语言出版。曾获孟加拉研究院文学奖和"二十一日奖章"。

阿勒·马赫穆德（一九三六年至二〇一九年），孟加拉语诗人和小说家，被认为是二十世纪最伟大的孟加拉诗人之一。著有诗集《岁月之罐》《金色嫁妆》等，诗歌创作主题与底层民众生活息息相关，还有不少以乡村生活为题材，诗句清丽，通俗易懂，别具风格。曾获得孟加拉研究院文学奖、胡马雍·格比尔纪念奖和"二十一日奖章"。

罗菲克·阿萨德（一九四二年至二〇一六年），孟加拉国诗人、编辑和作家，被认为是后孟加拉独立战争时代最高产的年轻诗人之一，著有《自然与爱情的诗》等四十五部诗集。他在诗歌语言和形式方面不断创新，不仅描绘爱情与浪漫、贫穷与痛苦，也展现城市与农村的景致与生活，并揭示社会不公。曾获"著名自由战士奖"、孟加拉研究院文学奖、"二十一日奖章"。

此外，还包括阿萨德·乔杜里（一九四三年至今）、穆罕默德·罗菲克（一九四三年至今）、阿布尔·哈桑（一九四七年至一九七五年）、路德罗·穆罕默德·沙希杜拉（一九五六年至一九九一年）等一批有一定影响力的诗人及其作品。

值得一提的是，自古以来孟加拉的诗与歌常能融为一体，诗不仅被诵读，还可以用来吟唱，不少诗人同时也是作曲家。最具代表性的就是罗宾德拉纳特·泰戈尔和卡齐·纳兹鲁尔·伊斯拉姆，他们不仅是孟加拉语诗人、文学家，也是音乐家、作曲家。印度国歌《人民的意志》和孟加拉国国歌《我金色的孟加拉》的词和曲都是由泰戈尔创作的；而孟加拉国的军歌《进行曲》的词和曲皆由伊斯拉姆所作，这为世界诗歌史中所罕见。

根据国别，本诗选所选诗作，皆为孟加拉现代文学中具有代表性和影响力，且作者生活和工作在今天孟加拉国的孟加拉语诗人的作品，不包括泰戈尔等按地域归属印度西孟加拉邦的孟加拉语诗作。入选的十二位诗人的七十二首代表作中，除了直接选录已发表过的卡齐·纳兹鲁尔·伊斯拉姆等诗人的有代表性的优秀译作，其余大部分皆为我国首次中文译介，且均译自诗作者的孟加拉语原作。

每个国家都有自己的语言文化和文学艺术，由此构成了世界语言文化和文学艺术的丰富性和多样性，是人类的共同财富和遗产。诗歌作为语言和文学的特殊工具和载体，在促进各国文化交流和文明互鉴、共同构建人类的精神家园中有着独特的魅力和价值。这也是这次编译工作的出发点和意义所在。

孟加拉语文学被公认为是南亚地区最为成熟和丰富的文学，孟加拉地区的一分为二给年轻的孟加拉国的文学包括诗歌发展带来挑战和机遇。进入二十一世纪以来，随着孟加拉国已步入社会稳定、经济发展的新时期，我们相信，孟加拉国的作家和诗人一定能让孟加拉文学及诗歌在自己的国度得到新的繁荣。希望通过我们的译介,在让我国读者对孟加拉文学和文化提升兴趣的同时,为增进两国间相互了解带来帮助,对中孟传统友谊的发展和中孟文化交流的促进有所裨益。

张幸

卡齐·纳兹鲁尔·伊斯拉姆

（一八九九年至一九七六年）

　　孟加拉民族诗人、作家、音乐家、新闻工作者，出生于印度西孟加拉地区帕尔达曼县贾木利亚村一个穆斯林家庭。

　　伊斯拉姆幼年丧父、家境贫寒，自小承担家庭负担，几经辍学念完中学，十八岁从军，在三年军旅中开始了文学创作的生涯。一九二〇年退役后在加尔各答正式投身到自己钟爱的文学和新闻事业，逐步成为从社会底层走出来的，在二十世纪二三十年代引领孟加拉穆斯林复兴的先锋。他在一九二四年娶了印度教姑娘为妻，以自己的行动打破宗教藩篱。他的创作并不仅限于穆斯林社会，在孟加拉语言文化领域，他是首位将孟□□宗教中印度教与穆斯林传统风俗、历史文化等□□的共同创作题材及内容的作家。他自一九一□□□表第一首诗歌，至一九四二年病患缠身停止□□的二十四年中，共创作了《共产主义者》《毁□□海笛》等二十三部诗集、近二十部歌曲集、三□长篇小说、三部短篇小说集、四部散文集和五部电影剧本，其中于一九二一年创作的《叛逆者》是他的成名作和代表作，从此被誉为叛逆诗人。他的作品被译成多种文字，丰富了世界文艺宝库。

一九七二年五月，经印孟两国政府同意，已封笔三十年、长期受神经系统疾病折磨的他从加尔各答移居达卡继续治病，一九七六年一月入孟加拉国国籍。伊斯拉姆曾于一九四五年获加尔各答大学最高荣誉之一"贾加塔利尼金质奖章"，一九六〇年获印度政府颁发的公民荣誉勋章"莲花装勋章"，移居达卡后获达卡大学荣誉博士学位，以及孟加拉国政府颁发的"二十一日奖章"。他去世后，孟加拉国为他举行了隆重国葬。为纪念他，加尔各答和达卡这两座城市各有一条主干道以"卡齐·纳兹鲁尔·伊斯拉姆大道"命名。

叛逆者

说吧，英雄！

说：我的头高高昂起，

喜马拉雅山见了也俯首帖耳。

说吧，英雄！

说：撕开茫茫的苍穹，

超越太阳、月亮和星星，

冲破天国、空间和大地，

闯过天帝的神圣宝座，

我站起来了！

我——

母亲大地的永恒奇迹，

天帝的怒火照亮我的额头，

像是王室胜利的灿烂标志。

说吧，英雄！

说：我的头高高昂起！

我不可压抑，

我残酷傲慢。

我是龙卷风，

我是毁灭，

我是恐怖，

我是动乱的魔王，

我是大地的诅咒。

我毫不仁慈，

我粉碎一切。

我是混沌，

我桀骜不驯，

我把一切戒规踩在脚底，

我根本不知什么叫法律。

我是漂浮的水雷，

我沉没航道上的所有货船。

我是司暴风雨和冰雹的神，

我是不合时令的狂风。

我是叛逆者，

我是母亲大地的忤逆之子。

说吧，英雄！

说：我的头永远高高昂起！

我是飓风，

我是旋风，

我摧毁挡在我面前的一切。

我是狂舞的旋律，

我按照自己的曲调跳舞，

我是自由自在的生命的欢乐。

我永无休止地运动，

我旋转，猛冲，狂舞，

我跳跃，撞击，呼啸。

我是惊涛骇浪，

我风驰电掣般奔腾。

我为所欲为，

我紧抱住敌人不放，

我与它做殊死的搏斗。

我是狂人，

我是台风，

我是瘟疫，

我是大地的恐怖。

我是毁灭，

我是朝政的破坏者。

我是炎热，

我是燃烧，

我永不安宁。

说吧，英雄！

说：我的头永远高高昂起！

我永远粗野，

我永远不可战胜。

我不可驾驭，

我的生命之杯充满了胜利。

我是祭祀的火焰，

我是祭司，

我就是火。

我是创造，

我是毁灭，

我是住处，

我是墓地，

我是茫茫黑夜的尽头。

我手持月亮，

我头戴太阳，

我是因陀罗[1]的儿子。

我一手握着柔韧的竹笛，

我另一手握着战斗的号角。

我是"青颈"，

---

1 因陀罗是印度神话中的大神。

我吞下了从乳海里搅出的毒药。¹

我是摩诃台伐,

我控制住横冲直撞的恒河。²

说吧,英雄!

说:我的头永远高高昂起!

我是到处流浪的游牧民,

我决不向任何人弯腰屈膝。

我是霹雳,

我是天上人间的梵音,

我是伊斯拉菲尔³的号角。

我是湿婆手中的三叉戟,

我是正义之神手中的节杖。

我是劲吹的海螺,

我是猛捶的大锣。

我是毗沙密多罗⁴的弟子,

我是狂暴的杜尔伐斯⁵。

我是弥天大火,

我把万物烧成灰。

我是纵情的欢笑和快乐,

我是可怕的创造之仇敌。

我是吞食十二个太阳的天狗,

---

1 "青颈"是印度神话中大神湿婆的别名。天神和阿修罗用大山搅乳海,搅出一种能毁灭世界的毒药。此时,湿婆赶到,把毒药吞了下去,救了世界。而毒药咽下时,把他的脖子烧成了青黑色。

2 摩诃台伐是湿婆的又一别名。当恒河从天上被引到人间时,狂暴地横冲直撞。湿婆为了阻止恒河泛滥成灾,把恒河顶在额上,让恒河沿着他的头发慢慢流下。

3 伊斯拉菲尔:伊斯兰教神话中的天使,他在世界末日吹响恐怖的号角。

4 毗沙密多罗:印度神话传说中的大仙。

5 杜尔伐斯:印度神话传说中一位以性情暴躁、喜欢诅咒而著名的仙人。

我通报世界末日的到来。

我忽而沉静、缄默，

我忽而暴躁、狂热。

我是暴风的呼号，

我是大海的怒涛。

我是热血满腔的青年，

我挫败了天神的锐气。

我永远灿烂明亮，

我是潺潺流淌的溪水，

我是奔腾翻滚的波浪。

我是少女披散的乌发，

我是她眼中闪烁的火光，

我是她心中盛开的莲花。

我是疯狂的爱情，

我是冷静的满足。

我是相思病人憔悴的灵魂，

我是寡妇脸上痛苦的泪痕。

我是不幸者的长吁短叹，

我是流浪汉的离愁哀伤，

我是一切屈辱者的烦恼。

我是失恋者的焦灼，

我是愤愤不平者的怨恨。

我是少女初次被偷吻的颤抖，

我是她初次被触摸的悸动。

我是少女透过面纱的顾盼，

我是她暗中悄悄的凝视。

我是少女心中荡漾的爱情，

我是她丁零当啷的手镯。

我永远是少年，

我永远是青春，

我是羞于胸脯发育的乡村少女。

我是和煦的南风，

我是凉爽的东风。

我是吟游诗人的深情歌唱，

我是他的弦琴的悠扬鸣奏。

我是炎暑的焦渴，

我是骄阳的光辉。

我是沙漠中突涌的清泉，

我是旅途中葱绿的树荫。

我像是十足的疯子，

我奔跑跳跃，横冲直撞。

我挣脱了一切束缚，

我顿时认识了我自己。

我是上升，

我是下降。

我是一切无意识者的意识。

我是宇宙门上飘扬的旗帜，

我是人类胜利的标志。

我是暴风雨，

我挟持着霹雳呼啸前进，

我把天堂和地狱捏在手心。

我骑着强劲的博拉克[1]，

我无所畏惧地策马飞驰。

我是地下奔突的熔岩，

我是燎原的大火，

我是火海中最疯狂的火焰。

我驾着闪电，

我发出雷鸣，

1　博拉克：阿拉伯神话中的飞马。

我勇敢地飞跃，

我是突发的地震，

我带给世界惊惧。

我捏住蛇冠，

我抓住加百列[1]的火红翅膀。

我傲慢无礼，

我是个永不安宁的神童，

我用牙齿扯碎母亲大地的衣裙。

我是俄耳甫斯[2]的竖琴，

我是牧童黑天[3]的横笛，

我能使酣睡的大海苏醒，

我能使喧闹的世界酣睡。

我愤怒地横空而过，

我使十八层地狱层层恐慌，

我使地狱之火颤抖而熄灭。

我是宇宙革命的使者。

我是泛滥的洪水，

我是五月的暴雨，

我给大地带来幸福，

我也给大地带来灾难。

我将从毗湿奴怀中夺取双生女。

我是罪恶，

我是流星，

我是土星，

1　加百列：宗教神话中的报喜天使。

2　俄耳甫斯：希腊神话中的歌手，善弹竖琴，琴声能感动鸟兽木石。

3　黑天：印度神话中大神毗湿奴的化身之一，是一位头插孔雀翎毛、口吹横
　　笛的牧童。

我是彗星的曳光,

我是眼镜蛇,

我是无头的钱迪[1],

我是摧毁一切的战神。

我尽管坐在地狱之火上,

我仍像花儿般含着微笑。

我是黏土,

我放射以太光线。

我没有生老病死,

我不可毁灭,

我力量无穷。

我是人、魔、神的恐惧,

我是王中之王,

我是人中之人,

我是真理之精髓。

我上天入地而求索,

我疯了,

我疯了。

我今天挣脱一切束缚,

我已经认识了我自己。

我是持斧罗摩[2]手中的斧头,

我将砍死那些战争贩子,

让世界获得和平和安宁;

我是大力罗摩[3]肩上的犁头,

我将翻垦这苦难的大地,

1　钱迪:印度大神湿婆的妻子难近母的又一名字。

2、3　持斧罗摩和大力罗摩是印度神话传说中两位著名的勇士。

让大地长出快乐和幸福。

我是伟大的叛逆者，

只有到了那个时候：

再也听不到

被压迫者的痛苦呼号，

再也看不到

专制暴君的血腥屠刀，

我这个叛逆者才会

偃旗息鼓，悠闲逍遥。

我像叛逆的波力古[1]，

敢在大神胸脯上留下足迹，

我是真正的创造者，

我痛恨给世界带来苦难的大神，

我将把他的胸脯撕裂。

我是勇敢的叛逆者，

我超越宇宙，傲然独立，

我的头永远高高昂起！

（黄宝生　译）

1　波力古：印度神话传说中的仙人。他有一次去找创造大神毗湿奴，见毗湿奴玩忽创造的职守，躺着酣睡。他就用脚踩在毗湿奴的胸脯上，将毗湿奴弄醒。

进行曲

高高的天空上鼓声响亮，
天空下大地在颤抖摇荡，
旭日初升的清晨——年轻的人，
向前进，向前进，向前进，
前进，前进，进！

我们敲叩着黎明的大门，
我们要带来绚丽的早晨，
我们要冲破深夜的黑暗，
推倒压迫人的大山。
我们唱着最奇妙的新歌，
我们要使墓地回春生气勃勃，
我们要赋予手臂以新的力量，
给生命注入新的脉搏。

前进吧，啊，新青年！
听啊，声音在你耳边回旋——
处处寺院的尖塔上
传来新时代的召唤。
砸啊，砸碎，砸碎枷锁铁链！
向前进，向前进，向前进，
前进，前进，进！

雷电轰鸣，传来最高命令——
武装起来，为战斗而牺牲，
冲出昏睡的大门，

队伍正在各处游行。

今天有谁还留恋那

昔日昏聩王朝的尊荣?

让那些行吟诗人尽管去

讴歌过去,泪水纵横!

去他的吧,什么孔雀宝座[1],

起来,起来,沉睡不醒的人们,

你看哪,波斯、罗马、希腊、俄罗斯

有多少帝国王朝早已覆灭,

而那里的人民都已经觉醒。

起来,弱小者起来,

我们要在大地上建起

崭新的泰姬陵[2],

前进,前进,进!

(石真　译)

1　孔雀宝座:指公元前四世纪印度历史上第一个巨大帝国孔雀王朝。

2　泰姬陵:是十七世纪印度莫卧儿王朝沙杰王为他的妃子泰姬建筑的一座陵园,该陵用白色大理石和宝石筑成,庄严和谐,是个高贵的艺术品。

今天响起创造的欢呼

今天响起创造的欢呼！
我的脸欢笑我的眼欢笑我的热血也欢笑，
今天响起创造的欢呼！

今天时代的大潮冲开锁闭的心扉，
我幽静的心湖翻卷起巨浪狂涛。
传来笑声，传来号啕，
来了束缚，来了自由，
张口呐喊，敞开胸膛，迎来苦涩的欢乐，
贫穷的胸膛承受着痛苦——
今天响起创造的欢呼！

来了冷漠，来了失望，
大海涨涌，天穹晃动，狂风飞奔，
火轮掠过天际，走来手持弓戟的毁灭大神。
乘坐彗星，乘坐流星，
推倒过去的旧事物。
所以今天我看见无数鲜花在我的心田展露笑颜。
今天响起创造的欢呼！

今天烈火狂笑，春天喘息，
爱神挥舞着血染的箭鞘，
火焰花、无忧花、木棉花的花粉
纷纷扬扬落进
方向女神的金色王宫，
我周围的生命之院里在做鲜红的游戏。

今天响起创造的欢呼！

今天多少美女赶来
手持假装的怨恨之箭，
有的踩着从胸中流出的鲜血，
有的踩着遍地的火焰，
有的流着委屈的泪水。
"心碎而未开口"倾吐的心迹之琴在我的身旁
对他们讲述他们的往事，
禁不住哗哗流泪。

今天响起创造的欢呼！
朝霞升起，晌午、黄昏来临。
来了咫尺，来了天涯，
来了无拘无束的奔放的旋律，
来了毁灭大神庆典的狂欢！
来了九月，萋萋芳草上，
圆润的露珠面带笑颜，
素馨花展开洁白的花瓣。
今天响起创造的欢呼！

今天大海苏醒，沙漠欢笑，
大地、森林瑟瑟喜颤，
风暴席卷平原，从大河的上游
传来毁灭大神妻子的歌声。
我的右面是新生的婴儿，左面是腐朽、死亡，
我的心灵像脱缰的野马一样飞奔。
今天响起创造的欢呼！
今天响起创造的欢呼！

（白开元　译）

歌曲（尹曼调——单弦琴）

战鼓敲响了！啊，缠紧头巾，
高高昂起头来，穆斯林！
坍塌的碉堡上，新的旗帜随风飘扬，
那是新时代的使者在召唤你们！
手中紧握长剑，口中默默祈祷，
胸中怀着对伊斯兰无比的热忱，
心里充满对安拉无限的忠贞，
战鼓敲响了，前进，向前进！
不要害怕，你项上挂着护身符——
那圣洁的一小卷古兰经文。

我们的一生不是为着寻欢作乐，
战斗牺牲是我们的愿望和职责；
那乔装乞丐的卡里发，
曾经统治着半个世界，唯我独尊。
如今他们的子孙却昏睡不醒，
尽管外面狂风骤起，大雨倾盆。

在沉睡中，我们错过了晨祷的时光，
甚至午祷时，我们还不曾起床，
我们耽误了黄昏的礼拜，只因我们宴乐荒唐，
现在我们才听到召祷人的声音：
"晚祷时间到了，快来礼拜啊！
会场中还有空位，等候你来临。"

从干玉米饼中吸取营养

所产生的信念和精神力量
曾经震撼世界，扭转乾坤，
真主啊，请把那种力量还给人民，
让他们在"真主伟大"的赞美声中
再一次掌握大地，驾驭风云。

（石真　译）

囚徒颂（歌词）

今天黑暗将逝的流血的黎明，
忽然听见披枷戴锁的犯人
中间爆发自由的欢呼声，
哦，是哪些牢房里的囚徒
发出的追求自由的朗朗笑声，
震碎了围困自由之心的恐怖?!

额头上印着受辱的红痣，
戴着手铐，胸脯上压着磐石，
一双双眼睛里闪烁真理的光辉，
喉咙里迸发争取祖国独立的心声，
汇入印度三亿三千万人民战斗的吼声。

双脚碾碎对死神的畏惧，
呼唤民众以铁链碰击的韵律，
天地间敲响独立的战鼓，
囚徒们高唱胜利的歌曲，
风暴喧嚣着冲进关押囚徒的漆黑监狱。

整座监狱里"自由"在痛哭，
砸碎桎梏的口号，此起彼伏，
整个世界是一座大监狱，
哪个英雄对它会有一丝恐惧?
他们在自由的天空下高唱困狮的胜利。

一条条地平线上吹响法螺，

高空仿佛谁在不瞬地俯瞰，
印度到处燃烧着熊熊的祭火，
额上点胜利的吉祥痣，胸前是花环，
英雄们奋勇向前；那不是牢房，
那儿燃烧着湿婆愤怒的火焰。

合唱词：啊，战胜镣铐、死亡、恐惧！
　　　　热爱自由的人，胜利属于你！
　　　　啊，向往独立的心，胜利属于你！
　　　　啊，胜利属于你！胜利属于你！

（白开元　译）

种姓的邪恶（歌词）

挂着种姓的幌子做坏事，用所有种姓的假货进行赌博，
轻轻碰一下种姓就完蛋？种姓岂不是孩子手里的糖果！

你们以为民族的生命化在饭锅和水烟筒的辣水里，
所以傻瓜，你们把一个民族生生地剁成一百块。
　　　　现在你们看整个印度
　　　　成了一具腐烂的尸首，
看不见一个人，只有豺狼的嗥叫日夜不绝于耳。

宗教和盾牌一样十分坚韧，你们难道一无所知？
兄弟，扔一块轻轻触摸的土坷垃就能把它击碎？
　　　　要是种姓宗教异常脆弱，
　　　　今天或明天必将破裂。
让那样的种姓下地狱，只剩下人，无忧无虑。

白天成了瞎子，从早到晚看不见一样东西，
你们如何使用那魔鬼一样的种姓的磨碾机？
　　　　你们用种姓压榨民族，
　　　　放弃太阳，使用灯烛，
你们的种姓的伐格罗特[1]用恒河水洗种姓的鞋子。

先圣穆奴[2]在天帝浩茫的世界上微小如尘粒，
你们不晓得那"天帝的天帝"在穆奴面前低头下跪？
　　　　哦，笨蛋，哦，思想僵硬，

1　伐格罗特：印度神话中把恒河女神弄上岸的神仙。
2　穆奴：印度古代法典的作者。

真理高于古典理论，

你们不知道白糖做的黄牛驮不动那样的典籍？

在世界之母的大厦里，她创造了所有的种姓，

母亲的眼里没有亲疏，所有的儿子一律平等。

你们一生膜拜造物主，

对他的作品却极为厌恶，

揍小牛犊，狠狠地挤奶牛，却把奶油倒入祭火的灰烬。

你们能说出宇宙之父薄伽梵属于什么种姓？

轻轻碰一下他的儿子，大神从此就不洁净？

保护大神如果没有种姓，

你们为何怕种姓的祸根？

你们啐儿子一脸口水，把一缕缕香烟吹向世界之母的面孔。

薄伽梵从未设立审判种姓的刑事法庭，兄弟，

他眼里你的圣线、帽子、头上的一撮毛是一样东西！

种姓束之高阁，

审理具体工作，

之后婆罗门、贾拉勒[1]进入同样的牛棚、天堂或地狱。

认为生命之神低微，对延续的陈规陋习却大加赞扬，

老兄，在这罪孽之中沉浮，你正被狮子的舅舅[2]咬伤！

没有衣服没有粮食，

没有尊严没有武器，

以种姓赌博的赌徒，你们命中只有无穷的悲伤。

（白开元　译）

1　贾拉勒：印度一种低等种姓。

2　狮子的舅舅：暗喻殖民当局。

工人之歌

啊，破坏之路上的远征军，
手握榔头，肩扛铁锹，前进！

啊，兄弟，我们双手欢快地创造，
双脚快活地破坏，
手握榔头，肩扛铁锹，前进！

啊，兄弟，我们无比强大，
使高山摇晃冰雪融化，
沙漠里长出金色的庄稼！
我们搅海搅出琼浆玉液，
没有一滴水润一润干渴的嘴唇，
手握榔头，肩扛铁锹，前进！

啊，兄弟，我们是黑暗工厂里的劳工，
像榨油作坊里的黄牛，蒙着眼睛。
我们找到的宝石嵌在王冠上，硕大晶莹，
我们是一脸污黑的穷人，
我们是身体黝黑的劳工，
手握榔头，肩扛铁锹，前进！

我们钻地挖出矿石，
我们找到蟒蛇头上的宝玉。
"熬星"夺走一切成为富翁！
让蛇神率领男女将士
冲出来撕咬，嘶鸣！

手握榔头，肩扛铁锹，前进！

榨取了工人、百姓的血汗，
国王、大臣纵情享受。
让一群"妖魔"把这些老爷
踩在脚下，来呀，工人们！
手握榔头，肩扛铁锹，前进！

啊，兄弟，一艘艘巨轮，
依靠我们的力量，
每星期渡越七大海洋。
可是我们今生今世
都在茫茫的苦海里游泳！
手握榔头，肩扛铁锹，前进！

依靠我们的劳动和仁慈，
带着枪炮，国王的士兵
六天走完六个月的路程。
啊，兄弟，依凭我们的德行，
大腹便便的富翁的飞机在空中飞行。
手握榔头，肩扛铁锹，前进！

啊，兄弟，我们建造高楼大厦，
一辈子过夜却躺在尘埃中。
有钱人骑在我们肩上旅行。
我们是糖厂的黄牛，不知道糖的滋味，
糖包每天由我们运送。
手握榔头，肩扛铁锹，前进！

啊，兄弟，我们是母亲脸脏的儿子，

在矿井里推着车运煤，
燃煤的火焰照亮大地！
让脸脏的劳工挖的煤燃烧，
把旧世界烧成灰烬！
手握榔头，肩扛铁锹，前进！

啊，兄弟，我们是装卸工，
有事做，就非常高兴。
我们打捞了许多沉船。
我们像泥沙似的奉献一切，
最后得到的是地狱。
手握榔头，肩扛铁锹，前进！

我们丧失了自己的一切，
最后诅咒命运，
与压迫者进行斗争。
在新开辟的战场上，
兄弟们，把战鼓敲响！
手握榔头，肩扛铁锹，前进！

魔鬼的眼睛——工厂的灯火，
破坏旧世界的伙伴，把它弄灭！
前面是毁灭之夜，把武器握紧！
来吧，沐浴阳光的远征军，
大家站在黑夜的船头，
手握榔头，肩扛铁锹，前进！

（白开元　译）

山民之歌

我们像狂飙似的勇猛有力，

我们像瀑布似的奔流不息。

我们像上帝似的无忧无惧，

我们像大自然似的充实富裕。

我们像天空似的广阔无垠，

我们是游牧在沙漠中的贝都因人 [1]。

我们不知有什么国王帝君，

我们不懂什么律法，赏罚，

我们无拘无束独立自主，

我们的心是自由开放的千瓣荷花。

我们是大海的怒潮，

我们是自由的瀑布——

汹涌澎湃，奔腾直下，轰隆隆，哗啦啦！

轰隆隆，哗啦啦！

我们胸怀坦荡如同广阔的牧场，

我们力大身强如同大山一样雄壮，

我们自由的灵魂在天空中展翅飞翔，

我们的笑声如高亢的乐曲四处回响，

我们喝雨水吃野果，

树下的绿茵就是我们的卧床。

我们是大海的怒潮，

1　贝都因人：原指在阿拉伯半岛和北非沙漠地区从事游牧的阿拉伯人，现泛指流浪者或游牧民。

我们是自由的瀑布——

汹涌澎湃，奔腾直下，轰隆隆，哗啦啦！

轰隆隆，哗啦啦！

（石真　译）

为人类向上帝诉怨

我是你的大地的儿童，
孤苦伶仃，满身污垢，
我恳求你倾听我申诉，
慈父啊，请你回答我。
我转动忧郁的眼睛，
环顾你创造的宇宙，
我涌起奇妙的感情，
我的心快乐地颤抖，
哦，上帝，
你多么仁慈，多么伟大！
哦，父亲，
你的创造多么壮丽巍峨！
可是，尽管你凌驾万物，
仍像惊恐的母亲在哭泣，
充满了不安和忧愁。
你怀着无限的希望，
创造，毁灭；毁灭，创造。
你用蓝色涂抹天空，
以免太阳刺伤眼球；
你送来凉爽的微风，
吹拂在焦灼的心头。
哦，上帝！

太阳、月亮和星星，
清晨、中午和黄昏，
它们昭示你的圣旨：

"这白天和黑夜,

这天地和空气,

不属于任何个人。

这芬芳的花朵,

这甘美的果实,

这柔软的土地,

这清澈的流水,

这鸟儿的歌唱,

凡大地上的一切,

全人类平等共享。"

哦,上帝!

那是按照你的心愿,

把人类创造成白、黄、黑。

你心里十分明白:

如果我们是黑人,

我们并不为此受责备。

你从未说过:

你的太阳、月亮、星星,

只照耀白人的住宅。

你也没有允诺:

白人可以绞杀有色的同类。

那是你的不肖子孙,

在把你的名誉败坏。

哦,上帝!

大地是你年轻的女儿,

你赐予她尘埃和土壤;

她酿造鲜美的乳汁,

将她的孩子们滋养。

像是开屏的孔雀翎毛，
她的恩情遍布四面八方。
但她的孩子们从不餍足，
贪婪凶残如同虎豹豺狼。
他们结下仇恨，大动干戈，
他们制造分裂，互相拼撞。
哦，上帝！

贪婪已把你推到一边，
无耻地僭居了你的宝座。
贪婪的舌尖毒汁四溅，
将绿色大地变成浩瀚沙漠。
贪婪刚一登极就张牙舞爪，
依仗着王权从事野蛮掠夺，
掠夺的结果是王位变坟墓。
尽管它侵吞同胞兄弟的财富，
最终还是猎取了英雄的称呼。
哦，上帝！

那些"摩诃贾"，或叫作"大人"，
他们像水蛭吮吸人民的鲜血。
那些"柴明达"，或叫作"地主"，
他们从没在土地上洒过汗珠。
这些不耕耘土地的人们，
居然被命名为土地的主人。
刽子手日夜制造新式杀人武器，
居然被称颂为科学发明。
谁越虚伪狡诈，谁就越有力量。
哦，上帝！

谁越在罪恶的战争中逞凶，

谁就越自诩为强大的民族，

犹如七条壮汉杀死一个儿童，

居然恬不知耻地自诩为英雄。

上帝啊，这实在是奇耻大辱，

财阀的金银车轮挡住了你的去路！

由于你无比崇高伟大，

你能忍受这一切罪恶，

但是，被压迫的苦难人民，

无法再忍受这样的耻辱！

哦，上帝！

如今，号角响彻四方，

"嘀嘀哒，别害怕！"

垂死的嘴中发出怒吼：

我们的鲜血已被吸干，

我们用白骨进行战斗！

多少世纪以来，

我们的白骨并未折断，

如今它们高歌猛进：

"欢呼，被压迫的群众，

欢呼，新的起义，

欢呼啊欢呼，上帝！"

一旦迎来创造的新时代，

我们也要享受这辽阔的世界，

家家户户都有甜果和鲜花，

谁还会夺走我粮仓里的谷堆？

我的长久饥饿的舌头，

将在食物中尝到生命的滋味。

哦，上帝！

天空是你播撒阳光雨露的地方，
谁驾着飞机在那里投弹扫射？
谁在你的大地上到处设置大炮？
谁将辽阔的天空和自由的空气
糟蹋成可怕的撒哈拉大沙漠？
难道这一切已无可挽救？
难道真理不能摆脱魔爪？
哦，上帝！

谁的战车碾压我们的双手？
谁的法律禁止我行动自由？
我的肉体饥饿难熬，
我的灵魂充满渴求。
我同样是一个人，
我同样壮丽巍峨。
我完全有权自由驱使
我的正直的脖子和舌头。
我已经打碎了我的精神枷锁，
我还要砸烂我的脚镣手铐！
哦，上帝！

受压迫的人们已经昂首挺胸，
囚犯们砸碎镣铐，冲破狱墙，
他们感到自由比生命更宝贵，
他们热爱狱外的天空和阳光。
"欢呼，被压迫的灵魂！
欢呼，新的远征！

欢呼，新的起义！"

在这辽阔的世界上，

扬起了这自由的大合唱！

（黄宝生　译）

黄昏星

黄昏星啊，朋友，你是谁家蒙着面纱的少妇？

你望见谁的似曾相识的脸，你的目光明亮地一闪？

衣襟遮掩着薄暮的灯光，

年轻的少妇在蜿蜒的村路上独步，

不知碰到谁的视线，她颤抖着眨一眨眼睛。

黄昏星啊，每天傍晚你都这样闪烁在天空。

你是谁家的弃妇，茫然地站在落日西沉的路边？

夜雾渐浓，你仍愁容满面，是在渴望着家庭的温暖？

为了谁，你永远这样来来去去，

你的目光这样忧郁暗淡？

唉，天上的少妇啊，莫非你也在失恋？

（石真　译）

短歌一

在我的沉思里，在我的梦幻里，
亲爱的，来和我相会吧！
在我的眼睛里，在我的睡床上，
印上斑斑泪痕吧！

若是我走在路上，迷失了方向，
请不要带领我进入你的殿堂，
这林中的野花不配做你献神的供养，
我的神啊，让我孤独地凋萎吧。

（石真　译）

短歌二

在黄昏的幽暗里，神啊，
让洁白的晚香玉吐出芬芳吧。
在干枯的、绝望的心灵中，
让爱河的水高涨吧。

在无边的泪湖中，神啊，
祝福你幸运的莲花开放吧。
在痛苦忧郁的诗人的心里，
赐给他短笛的甜蜜旋律吧。

在忧患中让他忘记不幸，
在悲哀时赐给他欢乐吧。
在漆黑的深夜里，神啊，
请不要惊破他愉快的美梦。

（石真　译）

荒　岛

呵，我的朋友，
你为什么隐居在这荒岛？
这是一堆松散的流沙，
环绕着如诉如泣的波涛。

天空中闪电发信号，
慈母般的乌云驰过，
将热泪洒在你的眉梢；
远处的陆地向你招手，
树木弯腰，向你问好。
伙伴，你既然一无所有，
何必留恋这个荒岛？
希望你赶快出发，
趁现在时间还早。

你的儿女们正在洪水中哭泣，
大海母亲今天要把他们召回。
呵，船长，请扬帆启航！
你为什么还要迟迟耽搁，
任凭空船在浪面上晃荡？
斩断你的爱慕和留恋，
请赶快起锚出航！
请眺望你的东倒西倾的家，
请警觉黄昏的阴影在延长。
别铺开泪痕斑斑的草席，
别再睡了，伙伴！

难道你果真冲不破

爱慕和留恋的罗网？

你从不垂涎珍珠宝石，

你的需求不过是一把小麦。

你只盼望安睡和宁静：

一间干净整洁的茅屋，

一盏光线柔和的油灯。

然而，希望化作泡影，

缠在你身上的是疾病，

躲在你身后的是奸贼，

朝着你走来的是死神。

呵，船长，

向着海岸，扬帆起航，

让你的脚踏上坚硬的陆地。

去吧，迎着狂风暴雨，

越过高山，穿过密林，

闯过沙漠，走遍大地。

雷电在头顶上轰鸣，

浪涛在四周围拍击，

呵，大海的旅人，

去到陆地建你的家，

此刻你必须决断决行，

万不要错过了时机！

（黄宝生　译）

我的歌词

我的歌词像蔓藤，
没有根，没有花，
只有浓郁的色调。
缠住参天大树攀缘，
贴着大地胸脯蔓延，
我的歌词思念谁？
有何隐衷和激情？
无人知晓！

我的歌词，
有时躺在某人胸膛，
有时像迸涌的泪珠，
在失恋者眼中流淌。

我的歌词，
有时绕在某人颈项，
有时像音乐之花，
在某人嘴唇上开放。

我的歌词，
有时像友谊之线，
系住某人的手掌，
有时却呜咽哭泣，
偎在某人的脚旁。

我的歌词，

伴着委婉的曲调吟唱，
像是在低声地倾诉
深沉而莫名的忧伤。

（黄宝生　译）

获胜的姑娘

啊，我的皇后，最后我向你认输。
我的胜利大旗在你的脚底下趴伏。

战场上我获胜的不朽的战刀，
一天比一天沉重，我极度疲劳。
我认输，此时把这重负交给你，
这认输的花环装点你的发丝。

哦，生命的女神！
见了我你何时倾洒的泪水，
使征服世界者的宏大的神庙摇晃不止！

叛逆者浴血的战车顶上，
获胜的姑娘，你蓝色的纱丽猎猎飘扬！
我的箭壶今日装满你的花串，
提着箭壶我泪流满面。

（白开元　译）

疯狂的过客

哦，是哪个疯狂的过客跑进被囚的母亲的殿堂？
三万万同胞勇敢地跟随他高声歌唱？

国家遭受异族统治，被人紧紧缚住，
啊，有谁来为她割断绳索？
有谁来为披枷戴锁的女神吹响自由的法螺？

将衰亡的母亲的尸体抬在肩头，
痛苦着送她到死亡的渡口。
如今我们下定决心——
绝不再敲叩别人的大门！
自由只能由我们自己去争取，
不能像乞丐似的乞求别人施舍怜悯。

永恒真理的鼓声在全世界回响，
谎言欺骗必将自食其果，时日不会拖长。
我们并不妒嫉怨恨，
我们要真正做人，
来啊，让我们不要虚度光阴。

吹起伊斯拉菲尔的喇叭，
伴随着湿婆的号角；
我们不唱毁灭之歌，
我们要在战斗声中唤醒祖国。

踢开征途的障碍，

将爱情的迷恋踏破，

来啊，不要哭泣，

今天应该高唱赞歌。

来啊，高举旗帜，吹响号角！

（石真　译）

致泰戈尔

请收下吧，泰戈尔，
这篇浸透热泪的颂辞，
是我这卑微的诗人呈献。
今天是你的八十寿辰，
我默默地向你祝愿。
哦，诗歌之王！
哦，造物中的奇迹！
想你依然对我情意绵绵。
哦，伟大的诗人！
我把你对我的祝福，
永远珍藏在记忆的神龛！
在你幽静的太阳轨道上，
我犹如一颗彗星突然出现，
仿佛凶神派遣的可怕使者，
像他抛弃的头饰流星一般。
但你却将我搂在怀里，
吻我额头，给我祝福！
别人都把我当作恐怖，
而你看出我是苦闷的呼喊，
哦，慷慨大度的人！
因此你在我燃烧的胸口，
给我戴上春天的花环。
哦，伟大的诗圣！
唯独你知道我是一颗彗星，
在你的太阳轨道上闪现。
我的火焰变成春天的花朵，

我的火笛变成黑天的牧笛，
湿婆额前的新月变成彗星，
光华摇曳犹如恒河的泪眼。

你的艺术天才不可估量，
我不敢在这里妄加评判，
手捧一枚小小的土钵，
怎能量出大海的深浅？
只要太阳和太阳系存在，
你的诗歌就会永放光辉，
犹如夜空中灿烂的河汉。
只要诗歌领域充满创造，
只要文艺女神脚镯叮当，
哦，最优美的诗人啊，
你的诗歌就会广为流传，
犹如摩陀默底河的波澜。
只要树上鸟儿啁啾鸣唱，
只要和煦南风微微荡漾，
只要溪流河海昼夜奔腾，
只要丧亲之人哀泪流淌，
你的诗歌的音韵律调，
就会在有情人心底回响！
纵然有一天文艺女神不再吟唱，
你的诗笛依然会妙音悠扬！
正像天地、花朵、蓓蕾，
在阳光下呈现缤纷色彩，
我沉醉在你的诗篇中，
看到绚丽斑斓的光辉。
每当我瞩目凝望你，
我感到你是至高的永恒美，

仿佛是神灵选你做典范，

借以体现人能具备真善美！

每当我吟诵你的诗句，

我感到自己如痴如醉，

再也不能客观地鉴赏，

仿佛融入了艺术和美！

我目睹你永恒的艺术美，

我魂消魄散，欣喜若狂，

与那心醉神迷的拉达[1]相仿！

哦，诗人！我甚至感到：

永恒的青春使用你的诗笛，

仍在吹奏优美的青春之歌！

此刻，你既非诗人，也非圣贤，

你是我最最心爱的情人！

我听见许多顽石指责你，

说你残酷，缺乏情爱！

它们只听到云中的轰雷，

它们只看到云中的电闪，

它们看不见云中的雨水！

在这浩浩茫茫的宇宙，

流动着无穷无尽的美，

是她赐给树木以百花，

但有多少人对此明白。

你听许多顽石在埋怨：

这世界实在枯燥无味！

1　拉达：印度神话中大神黑天在牧童时代的女友。

哦，我可爱的美！
有谁曾经领受你的多少爱，
这我不敢说，但我十分明白：
你的爱平息了我心中的火，
并在我心中灌满奇妙的美。
你可曾记得那一天，
你含着微笑对我说：
"你用利剑修面刮脸！
你是一颗灿烂的彗星，
你的光焰足以普照世界！"
你含着微笑接着说：
"你朝思暮想渴求名声，
没有名声，你局促不安！
哎，你为何嗜酒不爱蜜？"
在你的安抚触摸下，
我心中翻滚的火浪，
变成了清澈的月光。
你是永恒的青春，
你褫夺人的财富，
而赐予艺术之美。
你的笛声在刹那间，
将黄金熔化成旋律。

哦，最优美的诗人！
让我在你的八十寿辰，
叙一叙我新生的故事。
在你的艺术之手触摸下，
我这火山如今长满花果。
我的火浆已经平息，
利剑化作了朱木拿河。

我的火焰已经消失，

隐入了最深的地层。

哦，慷慨的诗人！

我承蒙你的祝福，

醉人的酒已变成芳香的蜜！

我已经忘却我是一个诗人，

我只是你光照下的一朵莲花。

我祝贺你的八十寿辰，

将这朵莲花捧献在你脚下。

请你收下吧！

我不敢说我在此生，

能否再有这样的幸运？

但我知道，

太阳不会在我面前落下；

我愿我这朵莲花，

在日落之前枯萎凋谢。

（黄宝生　译）

在僻静的林间小路

你是谁啊？你只身孤影，
在僻静的林间小路徜徉。
伴随你向前挪动的步履，
路两旁的花儿竞相开放。
你的乌发散发阵阵幽香，
竟使这座花园黯然神伤。
微风只知抚弄你的鬈发，
早已不把花儿放在心上。

花朵成团成簇飘落在地，
只盼你捡起来插在头上；
花瓣铺成了红色的地毯，
任凭你轻盈的脚步践踏，
只盼望能染红你的脚掌。

蔓藤紧紧抱住你的大腿，
荆棘狠心扯住你的衣裳，
情深意长舍不得将你放。
还有那天上的一弯新月，
也在点头微笑向你遥望。

（黄宝生　译）

查希姆乌汀

（一九〇三年至一九七六年）

泰戈尔时期孟加拉文学的代表人物之一，孟加拉语抒情诗人、作家与作曲家。生于孟加拉国法里德普尔县，从小喜爱民歌、地方曲艺。求学时期便开始民间文学的收集整理工作，从中汲取丰富的艺术养料，写了许多群众喜闻乐见的诗歌。因擅长在诗中表现乡村风貌和村民生活被称为"田园诗人"，是二十世纪孟加拉田园文学的关键人物。他的诗作语言通俗易懂，富于浓郁的地方色彩和醇厚的孟加拉水乡气息，被泰戈尔称赞为"具有真正诗人的心灵的作家，其作品的内容、情调、语言是新颖的"。

一九二七年，查希姆乌汀因叙事诗《墓》的发表而一举成名。一九二九年发表的长篇叙事诗《锦绣原野》是他的代表作，诗歌用别具特色的格律和生动的语言，描写了一对农村恋人的爱情悲剧。他出版了《牧童》《河滩》《稻田》等十余部诗集。他的诗作格调清新、语言生动并充满乡土气息，被译成英、俄、德、西等多国文字，在诗坛上独树一帜。除了诗集以外，他还创作有歌曲集《朗吉拉河上的水手》；儿童文学作品《一分钱的竹笛》；剧本《农妇》《神的女儿》《芬芳的花环》，以及游记、回忆录等。

查希姆乌汀曾在达卡大学任教，也从事过广播新闻工作。他于一九五八年获得总统奖，一九七六年被授予"二十一日奖章"。二〇一八年，孟加拉研究院以他的名字设立两年一度的"查希姆乌汀文学奖"，用于表彰对孟加拉文学做出终身贡献的人。

放牛娃

头发特黑特黑，村里的这个小姑娘，
她金子般常笑的脸蛋像黑夜的月亮。
做饭打水，做每件事她都面带笑容，
为这种小事她屁股多次被妈妈打痛。
刚洗完澡头发潮湿腋下夹着一罐水，
她笑声增加两倍，怎么也无法停止。

这个女孩天性如此，不管见到谁，
转眼之间，她脸上堆满甜蜜笑意。
她妈絮叨，长大了你还成天瞎笑，
听见她的笑声全村人便心荡神摇！
她稚气的面孔不像金子也不像红粉，
嘴唇不像朝霞也不像阳光那样鲜红！
不过她的双颊嘴唇经常浮现红晕，
在地里用破罐做各种游戏特别开心。

她的脸皮特别薄仿佛一吹就飞起来，
从头顶上垂下来一两缕凌乱的发丝。
早晨傍晚她笑着玩耍从这家到那家；
仿佛是谁扔下的一朵闪光的水浪之花！

村里农夫的儿子走在路上，步履缓慢，
他在那姑娘的美貌之河中丢失了水罐。
他有什么过错？那姑娘笑得那么甜美，
村里的放牛娃！美貌如何让他不心醉！
走在路上，爆米花从他衣兜里掉下来，

走到女孩身边，把爆米花装满她口袋。
农夫在地里吃早饭，水烟筒的火苗熄灭，
姑娘在哪儿做饭？忘了走哪条路去取火。
他一次次下地除草，一次次渴得要命，
在炎热的中午，他喝水只走进她家中。
忘了拿芒果核做的哨子他急匆匆返回，
哨子放在她家门廊里，他便回到地里。
那姑娘吹哨子，吹出歌曲中的痛苦，
她鲜红的嘴唇间回响着憧憬的幸福！

就这样在不为人知的地方乡村爱情
日复一日以各种方式维系了两颗心！
黄昏时分那姑娘去河边码头的时候，
小伙子头顶一堆草在她家门前路上行走。
放下头上的重负，用一条毛巾扇风，
铜罐中轻漾的清水中显现她的美容。
许久看着她的脸，他在心中喃喃自语：
"水中金子般的姑娘会是我的新婚妻子，
送做鼻镯用的卡洛米花，送希察尔花串，[1]
哦，乡村姑娘！我吹响笛子为你催眠。

用新采的翠竹嫩叶做送你的鼻镯一副，
我用金藤做你金子般的手腕戴的手镯。
在渔村的旁边，我亲手造一间小草房，
把采来的黄色油菜花花瓣铺在泥地上。
前往卡贾尔塔尔集市购买黄麻布纱丽，
哦，姑娘，乡村姑娘！你会走进我屋里？"

---

1 卡洛米花与希察尔花是孟加拉地区的两种花。

姑娘的美貌使这小伙子浮想联翩，
这时那姑娘已回到家里，带着水罐。
扛不动美貌的重负，她的胳膊下垂，
腋下夹陶罐慢慢地走着，十分吃力。
她窄小的腋下如不夹陶罐，牧童心想，
美貌的重压下说不定姑娘会倒在地上，
汩汩的河水会听从她手臂的指令？
乡村姑娘容貌的牵引下罐里的水在晃动。

金子般的乡村美女！放牛娃心里说：
"广袤大地已笼罩你黑发般的夜色。
只要你走来开口求我，我可以把你
送到被香蕉树叶遮暗的你的小屋里。
你一双娇嫩的脚走在这坚硬的路上，
土路上一些蒺藜可能把你的脚刺伤。
这顽皮的风儿呼地撩开你胸前的衣服，
衣襟后面你的美貌之浪还能隐藏多久？
你的脚镯如掉在土路上，美貌之歌的
迷人的不朽旋律中，暮空装扮就会停止。

啊呀！啊呀！金子般的姑娘独自行走，
我心里难过啊，眼里的泪水哗哗直流。"
他这样喃喃自语时暮空已色彩缤纷，
暮云时而是深黄淡黄时而呈现粉红。
之后他穿过树林，走过昏暗的稻田，
放牛娃头顶一捆青草回到自家门前。

那天放牛娃在路上听说姑娘要成亲，
明天新郎头缠花头巾，亲自来接人。
今日她身上抹姜黄，家中吹奏喜曲，

有个女人的凄凉歌声让她听了心碎。
全身涂姜黄，姑娘的沐浴隆重举行，
金黄色姜黄使她身体显得越发娇嫩。
望着她的脸，放牛娃感到心如刀绞，
唉，唉，金子般的姑娘怎能把我忘掉？

全家沉浸于欢乐之潮，没人想他的处境，
他的脸色苍白，仿佛是被判的刑事犯人。
他好像犯人似的逃走，回到自己屋里。
整个晚上纯洁无瑕的痛楚在他心中萦回。

今日前往婆家，新娘扶着大哥的肩膀，
上了一顶彩轿，村长及朋友一同前往。
一整天家中举行喜宴洋溢着欢声笑语，
村里路上行走的人仿佛都在操办婚事。

有人在说今天新娘父亲如何宴请客人，
兄弟，新郎一家做生意哟，家产丰殷。
女儿女婿肩并肩站着仿佛是两个月亮，
也像黄昏时分在西山散布晚霞的太阳。
围绕婚事，多少人的想法在心里萦绕，
如同阿斯温月[1]河里的浮萍不停地浮漂。
唉，今天将带走这儿的欢乐和笑容，
没人看见这姑娘两眼中浮现的隐痛。
没人询问村里的放牛娃独自为谁哭泣，
只有夜晚寂静的时辰和他一起悲戚。

姑娘走过的土路、汲水的码头以及

1　阿斯温月：孟历六月，公历九月至十月。

村径上，放牛娃独自吹忧伤的竹笛。
深夜他持笛吹奏的曲子越发低婉悲切，
一阵阵幽黑悲伤的夜风也随之哽咽。
他胸中翻腾着无从言说的巨大痛苦，
笛音缓缓飘入沉睡的村庄的家家户户。

"孤女离开寂寞的草房，在哪儿熬夜？
乘坐笛音来吧，进入我凄苦的心窝。
伸手搂着我的脖子，倾听我的苦楚，
哦，无情的姑娘，我独自为你痛哭。
我的笛音划破深夜凝聚的浓稠黑暗，
你在哪儿？在哪儿？想起你我泪流满面。"
孤寂之夜见他悲泣无人理睬，也极为悲痛，
以幽暗紧紧搂着他，在风中伤心地晃动。

（白开元　译）

墓

你祖母的墓在这棵石榴树下，
三十年我的泪水在上面浇洒。
成亲时她娇小的脸漂亮好似黄金，
玩偶似的婚礼结束泪水濡湿衣襟。
我走进走出，心里好生诧异，
是谁使我简陋的茅屋熠熠生辉？
把她金色朝霞似的脸摄入瞳仁，
我扛着犁下地，沿着村中小径，
一边走一边频频回首对她窥眺，
大嫂见我这样上百次把我讪笑。

两颗心胶合一起不知是什么时候，
她一笑一颦都消除我心头的忧愁。
动身回娘家，她对我行摸足大礼，
说："去乌姜坦利村看我，莫忘记！"
在舍卜拉集市卖西瓜，我挣到几块钱，
毫不犹豫地为她买一串玻璃珠项链。
怀里揣着一个半拜沙[1]的乌烟膏[2]，
黄昏时分，飞一般朝岳父家奔跑。
孙儿，你听了莫笑，手捧着乌烟膏，
你祖母是何等开心，你见了才知道。
她晃着鼻镯含笑嗔怪："你来得太晚，
我翘首眺望大路，一次次以泪洗脸。"

1　拜沙：孟加拉最小的货币单位。
2　乌烟膏：孟加拉妇女使用的眼膏。

唉，后来你撇下我，满腹眷恋，
如今在幽暗冷清的坟墓中长眠。
孙儿，合掌祈祷："慈悲的真主，
求你让我祖母抵达天国的乐土。"

我搂抱过的心上人啊，她去了，
留下我在空虚的尘世日日受煎熬。
多少架尸床和坟墓在心中闪现，
掐指难数清，我常常彻夜难眠。
一张金子般的脸沾着亲人的泪水，
我用一柄铁锄挖土把她葬在这里。
我热爱这坟地，胸膛紧贴着坟地，
孙儿，抱头痛哭，悲痛或能消释。

你父亲睡在这儿，这儿睡着你母亲，
你哭了，孙儿，唉，不可卜测的厄运！
法尔衮月 [1] 你父亲走到我眼前说："爸爸，
我今天不知怎的全身感到特别疲乏。"
卧室地上有张竹席，我说："躺下，孩子！"
谁承想这一躺下竟成为他永恒的休息。

缠着白色殓布，我抬尸床前往墓地，
你奇怪地问："爷爷，你带爸爸去哪里？"
想回答这个问题，话到嘴边又咽了肚。
世上的语言啊难以表达我泪浸的痛楚。
你母亲双手抱着你父亲用的铁犁木轭，
昼夜不停地哭泣，哀号，悲痛欲绝。
树林里的土路上落满了枯黄的树叶，

---

1 法尔衮月：孟历十一月，公历二月至三月。

57

法尔衮月哀鸣的寒风在田野上掠过。
过往的行人见了无不抬手擦拭泪眼，
一片片落叶在他们脚下呜咽回旋。
牛棚里两头膘肥的耕牛望着田野，
眼眸干涩，哞哞的叫声令人悲切。
你母亲双手搂着牛脖子，泪流不止，
滔滔不绝的泪水淹没了整座村子。
透过泪水，她这个断绝尘念的农妇，
隐约地看见一条伸向漆黑墓穴的路。
夫妻生活的第一章就这样充满黑暗，
唉，苦命的人儿戴上了死亡的毒冠。
"我去了，孩子，"临终前她对你说，
"世上失去母亲，从此你没有快乐。
我的心肝，我的宠儿，我的宝贝，
离开你，我心里的痛苦无边无际。"
泪水在她苍白的脸上汩汩地奔流，
弥留之际，不知她可曾为你祝福。
沉默片刻，她声音微弱地又说道：
"我坟头上切记挂我丈夫的草帽。"
她不住地流泪，说不完心中的痛楚。
那顶草帽草已腐烂，已经融入泥土。
两颗珍贵的宝石在这绿荫下酣睡，
每日抚摸坟头的是茂密的树枝。
不眠的萤火虫通宵在四周闪射银光，
友好的蟋蟀轻轻敲击悦耳的铃铛。
孙儿，合掌祈祷："真主啊，请让
我的父母脱离苦海一起进入天堂。"

这儿是你姐的墓，你姐她美如仙女，

我做主把她许配给家境富裕的卡齐[1]。
可他一家人不喜欢这个温顺的姑娘，
虽不毒打，唇枪却戳得她遍体鳞伤。
她一次次托人捎话，求爷爷快接她回
久别的娘家，让她过几天舒心日子。
她公公凶似屠夫，扬言要剥她的皮。
经她一再央求一个冬日把她接到家里。
她金子般的脸上毫无笑意，形容枯槁，
乌黑的眼里翻涌着泪海的万顷波涛。
她坐在父母的墓前，脸上任泪水奔流，
唉，谁知道死神的弦琴在她心中演奏？！
未想到她抑郁成疾，从此卧床不起。
孙儿啊，你来看，我把她埋在这里。
树林里的杜鹃日夜为她呜呜地哭泣，
如同她的痛苦之弦在茂密枝叶间战栗。
孙儿，合掌祈祷："真主，你无限慈悲，
恳求你也给予我姐姐进入天堂的机会。"

这儿睡着的你的小姑当年刚满七岁，
她曾像彩虹，从天宫丹墀降落凡世。
因为从小丧母，她好像整天想心事，
她纤小的心里充满无从排遣的忧郁。
每天一看见她那花儿般稚嫩的面孔，
我的心镜里便浮现你祖母的面容。
我搂着她，多皱的脸上泪水纵横，
是微明的暮色遮盖住两人的泪痕。
一天我去卡兹纳市场，她独自看家，
回来见她黄金似的身体在地上卧趴。

1　卡齐：伊斯兰法官。

眼前虽见到她的身躯和金色圆脸，

可被毒蛇咬的我的宝贝已命归黄泉。

我亲自动手又安葬金子般的女儿，

孙儿啊，我肝肠寸断，悲伤不已。

到墓前来吧，孙儿，别弄出大声音，

千万不可把我多年酣睡的宝贝吵醒。

慢慢地挖泥土，看看这硬土下面

我那贫穷的天国为什么一直昏眠。

暮霭徐徐降临树林，晚霞如红粉，

长卧墓中的欲望今日在心中萌生。

从清真寺传来的祷告声悠长而凄婉，

我不禁思忖，哪天是我的末日审判。

孙儿，合掌祈祷："大慈大悲的真主，

求你让所有悲苦的亡灵在天堂幸福。"

（白开元　译）

锦绣原野

（一）[1]

> 我和朋友的房屋之间吉尔河潺潺流淌，
> 想飞过去，但造物主未赐予一双翅膀。
>
> ——《牧童歌》

这座村庄与那座村庄之间是空旷原野，
书本上常见关于水稻和油菜花的描写。
这座村庄空空荡荡，到处生长着树木，
村里的民居全都仁立在大树的后面。
那座村庄好似树林浓缩的黛黑身躯，
搂着一间间农舍伸展着树林的爱意。

这座村庄与那座村庄每日看着对方，
没有人知道就这样度过了多少时光。
它们中间一片沼泽的碧水莹光闪闪，
它怀里的水浮莲绽开出上百片花瓣。
从这两座村庄旁边两条路来到这里，
纵入沼泽笑着搅得莲花沉没又浮起。

有人说古代时这村的一个纯朴农民，
脖上结着那村一个姑娘的爱情之绳；
他曾独自沿着这条路走近那座村庄，
那村庄的姑娘戴着脚镯来和他相会！

1　选自查希姆乌汀一九二九年发表的长篇叙事诗《锦绣原野》第一首。

唉唉！他们来到这里迷失了方向，
双双长眠在这片沼泽的水浮莲上。
谁知是否因他们的花环落进水中，
睡莲在那水面上才得以授粉绽放。
田野中沼泽额上亮晶晶的吉祥痣，
仿佛是两座村庄闪烁的离情之灯。
这两座村庄怀里的鸟儿扑扇彩翎，
呼唤新世界，以各种动听的啼鸣。
傍晚时分这村庄的鸟儿飞往那村庄，
那村庄的鸟儿飞进这村庄的树荫里。
这村庄那村庄的人们都来这儿洗澡，
在沼泽的水中他们快乐地泼水嬉闹。

水声绕耳，两座村庄之间有段距离，
但这两座村庄之间仿佛又没有空隙。
那座村庄的媳妇用罐装水搅起水波，
有时候波纹会一直扩散到这个村落。
这座村庄的农夫不眠之夜吹奏竹笛，
那座村庄的姑娘听着不禁伤心垂泪。
当这村里唱起哀伤歌曲，好似呜咽，
那村里的姑娘耳贴着栅栏缝隙倾听。
这村庄与那村庄只是在乐曲中相逢，
村民们咫尺天涯，常年在各自忙碌。

有时这村纠集一群人冲进那座村庄，
双方挥舞棍棒一阵混战，震惊四方，
那村人有多大力量这村人想弄明白，
他们的鲜血一次次把沼泽的水染红。

仍然美好！那绿色的原野这两座村庄，

其间这两条逶迤的长路时有尘土飞扬。
村路旁边地里稻秧与油菜花色彩斑斓，
我见这村的清风吹起驰向那村的船帆。

（张幸　译）

报　答

他毁了我的家，我却为他盖房，

我视他为亲人为之奔走呼号，他却把我当外人，

他把我丢弃在路上，

我却为他而返回。

漫漫长夜我为他无眠；

他毁了我的家，我却为他盖房。

他毁了我的家族，我却成全了他的家族。

他伤透了我的心，我却为他哭泣。

他向我射来毒箭，我却回报以热情歌声。

我被刺扎了，却终生为他奉上鲜花，

我视他为亲人为之奔走呼号，他却把我当外人，

他在我心中掘墓，我却填满他的心。

他嘴里说出无情的话，我却视他为挚友，

我从多少地方拿来许多东西，全都摆上，

我视他为亲人为之奔走呼号，他却把我当外人。

（边慧媛　译）

达摩拉伊 [1] 的彩车

往昔哪位年老的木匠制作如此
精美的彩车，大概花了多少时日？！
他手持锋利凿子小心地把硬木凿开，
镌刻了多少仙女、多少枝叶和花卉，
神车前两匹骏马不知何年何月开始
奔驰，越过漫长岁月尚未奔至今时。

之后来了个绘画高手，以妙笔将
天国的神仙一个个领到彩车身上，
彩色线条中蕴含的魅力历久不衰，
龟裂的大地上他养育广袤的慰藉。

黑天上路前往穆杜拉，牧牛女匍匐
在车底下说，别离开我们啊，朋友！
唉，罗陀命苦，她的痛苦跨越时代，
沿着乡村爱情的几条皱纹簌簌垂滴。

十首王罗波那劫持悉多，折磨
女人，点燃全国民众心中的怒火。
众将士猴子兵，罗什曼那、罗摩、
须羯哩婆杀死十首王，血流成河。

黑公主衣服被撕扯失声痛哭，因受辱
而报复，英雄好汉在各地发出怒吼，

1　达摩拉伊：位于孟加拉国首都达卡市远郊。

一只只法螺破裂，英雄豪杰慷慨献身，
头顶着重负，无数女人痛苦地呻吟。
母亲们的哭声在焚尸场田野上萦绕，
投入新燃料，火焰灭了又熊熊燃烧。

一群人战死一群人冲到敌人中间，
那天天空大地身穿鲜血湿透的衣衫。
之后，难敌和他的族群被彻底消灭，
各地重又建立期待已久的道义王国。
彩车挡板上精细线条构成的画面
世世代代是献身精神的生动体现。
女眷们深知，这些勇士身披盔甲，
是为把残酷迫害女性的歹人诛杀。

这儿一年两度推载神像的彩车游行，
商贾纷至沓来，杂技表演精彩纷呈。
鼓声激越，高唱颂扬圣战的歌曲。
前呼后拥的国王王后也光临此地。
以道德理想创作正义的乐曲之藤，
在无数听众心中激起壮志豪情。
手拿玩具的男孩女孩活像洋娃娃，
与父亲兄弟一起四处撒欢乐之花。
哪位神匠制作这彩车用普通木材，
呕心沥血，在其间倾注艺术魅力？
他的高超艺术年年引来亿万民众，
彩车前面晃动着微笑的友情之灯。

身着道义之服，巴基斯坦的卫兵，

来这儿放火把这辆彩车烧成灰烬。
是哪种野蛮扑来一瞬间凶狠扼杀了
艺术家双手为后代留下的审美愉悦?

（白开元　译）

萨义德·阿里·阿赫桑
（一九二二年至二〇〇二年）

　　后泰戈尔时期的孟加拉著名现代诗人、教育家和文艺批评家，生于孟加拉国杰索尔县阿洛克迪亚村。阿赫桑在学生时代就开始发表文学作品，最早发表的作品是他于一九三七年在中学校刊上发表的诗歌《玫瑰》。达卡大学英语系毕业后，他曾先后在全印广播电台、达卡大学、卡拉奇大学等工作。后被任命为孟加拉研究院院长，担任过贾汉吉尔纳加尔大学、拉吉沙希大学等多所大学的副校长，以及孟加拉国政府教育和文化顾问，一九七六年至一九八二年曾任诺贝尔文学奖委员会顾问。

　　他的主要文学作品有：诗集《许多天空》《春天孤单的黄昏》《呐喊》等；论著《诗论》《诗歌创作随想》《论纳兹鲁尔·伊斯拉姆的诗歌》《孟加拉文学杂谈》《孟加拉文学史》等。此外有五部译著。诗歌《我的东孟加拉》被认为是孟加拉语文学中最优秀的爱国诗歌之一。

　　阿赫桑于一九六七年、一九六八年分别获得孟加拉研究院文学奖和达乌德文学奖，一九八二年获得"二十一日奖章"，一九八七年获"独立日奖"。

我的东孟加拉

我的东孟加拉是暮色中一丛娟美的
　　　　　　山竹果树——
浓密的枝叶交叠搭成的一座
　　　　　　幽美花亭。
像怡然心情的宁静，
像黄昏的展现，
像池沼的深澈，
像发丝乌黑的飞云的聚集。
我的东孟加拉是雨季暗荫里的
　　　　　　缠绵，
是河中沐浴出水时勾魂的湿漉漉的
　　　　　　蓝色纱丽，
是散开发髻仰望远空的
　　　　　　瞬间，
是融会丰富感情的亢奋的
　　　　　　丰饶，
是偶尔遮翳红日的云片的
　　　　　　羽毛，
是一堆堆稻谷、沃土、碧水的
　　　　　　醉人馨香。
是思恋远方情人的痴女的
　　　　　　多变情态。
这儿有惶恐、焦渴交织在
　　　　　　永久幽会，
有使本地人外乡人感情水乳交融的
　　　　　　质朴院落。

三朵花¹盛开的绿叶茂密的

迦昙波花树的一根枝条

俯吻着泥土，

葛藤、树木郁郁葱葱，

蓝花、黄花、紫花、白花……

汇成万紫千红的花海，

处处是困意袭来眼睑闭合的惬意的

安谧，

披散乌鸦眼珠般的乌亮长发

伫立水中——她的比喻是

红莲，

荡魂迷魄的潮湿蓝纱丽

紧贴的身体的比喻

是娟美的山竹果树——

你就是我的东孟加拉——

涌溢着亢奋的丰饶的

幽美花亭。

（白开元　译）

1　三朵花：指孟加拉国达卡、吉大港和拉吉沙希三个专区。

信德[1]的沙漠里

连天的沙漠荒凉、冷漠，
时而喧嚣，时而布设凶险，布设死亡。

碧蓝的长空没有一丝云彩，
一副木然的神情。
绿色的灌木全身长刺，
花丛般的繁星面露血红的冷笑——
荒凉、贫瘠、冷漠、暴烈的沙漠无边无际。

一阵燥热的风吹醒浩瀚的大漠，
沙砾这些顽童酿制沙尘的云团，
又像是海的尽头惊涛巨浪在吐珠喷沫——
奇异的燃烧的阳光投来的目光灼烫而锐利。
我这双绿荫培育的眼睛远望无色无味的世界——
荒凉、贫瘠、冷漠、暴烈的沙漠无边无际。

下午晶亮的沙砾变幻着颜色，
似有干乳的密集颗粒在播布淡黄，
渐渐地，感觉到轻微的凉风——
凉风中瞬息在战栗，沙原的景致在战栗。
这儿的欢悦也那么透明，那么冷凛。
一切都罩着无羞、坦荡的安谧——
荒凉、贫瘠、冷漠、暴烈的沙漠无边无际。

---

1 信德：巴基斯坦的一个省。本篇中诗人抒写了在信德沙漠地区供职时的思乡之情。

日暮黄昏，寒冷不可阻挡地降临空寂大漠。

举目四望，可见黑暗凝成的一座座大山。

茅屋的灯光在哪儿？

哪儿能听见对旅人发出的歇息的邀请？

夜空星光闪烁——

走在冷清的路上，

隐秘的离愁别绪煎熬得我分外憔悴；

信德沙漠贫困的生命之光竟散发瘆人的寒意。

荒凉、贫瘠、冷漠、暴烈的沙漠无边无际。

此刻东孟加拉家家户户亮着灯光，

庭院里翻涌欢声笑语的波浪，

丰盈的河水像母亲甘甜的乳汁——

也许天上乌云密布，星星在黑暗中消失。

这儿我无比孤独，

信德沙漠造就一种乏味的青春。

绿荫培育的我的眼睛日日看缺乏温情的骆驼刺。

荒凉、贫瘠、冷漠、暴烈的沙漠无边无际。

远方的朋友，今日我与你们遥望垂泪，

你们的胸膛蕴含无穷的友爱、激情和欢愉。

手擎生机勃勃的年华的明灯，

什么理想使你们容光焕发？

思念中若能与你们欢聚片刻，

晴空普降甘霖，清苦单调的生活将十分快乐，

即使沙原贫困的生命之光散发瘆人的寒意。

即使荒凉、贫瘠、冷漠、暴烈的沙漠无边无际。

（白开元　译）

开斋节

我在暗室里寻觅我的梦，
我的视线越过黑暗，
希图制造一抹阳光。

黑暗容纳死亡变为磐石，
傲岸的磐石隐逝于无边的沉默；
那时我也不曾停止追寻光明——
我浴着巍峨高山的幽黑的洞穴里
愤懑的冷风，探寻着温善。
磐石的冰冷似乎阻滞时光的流光，
磐石没有文字记载的历史，
但沉默拥有宏大气势。
我估计，击碎磐石，
安逸便会显现，
如同摩西[1]的神棒一击
清泉便汩汩流淌。
可惜我遗失了古代咒语，
我的顾盼催不开鲜花，
我的手敲不碎坚硬的巉岩。
我是个凡夫俗子，
同样赍负着苦难的缘由。

所以我把目光投向平民，
看见无数平民头顶痛苦的重荷，

---

1 摩西：希伯来的先知。

疲惫不堪，不时有人倒毙；

他们是无始无终的灾难的材料。

今天是开斋节，

我想投入他们的洪流。

将我从我身边拽开吧！

将我从我的形象中牵引出来吧！

将我和我的忧虑分离吧！

让我张开双臂

扑进亿万平民的海洋！

我不知道我将获得什么，

如果我最后一滴眼泪

能培育一种生活的热力，

我将清楚地望见希望的月光中的一个梦。

（白开元　译）

为了祖国

天空中有时出现
充满欢笑的点点星辰，
大海里有时翻涌
迷失方向的大潮的波涛。

大山上有时发现
常年清醒的石头，
田野里有时起伏着
农作物的绿色波浪。

鸟儿有时在枝叶间
播布悦耳的啁啾，
从很远的时代开始
就听到这样的啁啾。

所有这一切
凝聚成我们祖国的金色画卷，
许多诗人在歌曲和诗作中
描绘了这个国家。

黑夜白昼
我永远热爱这个国家，
我似乎走到了
所有民众的理想的近处。

我毕生每一天

为这个国家感到自豪，

我愿日夜为这个国家

奉献我的一切。

（张幸　译）

沙姆苏尔·拉赫曼

（一九二九年至二〇〇六年）

　　孟加拉国诗人、作家和记者，被誉为是二十世纪下半叶孟加拉国诗坛上最灿烂的明星，孟加拉文学史上的重要人物。他毕业于达卡大学英语系，曾先后在《晨报》和《孟加拉日报》担任记者、编辑、主编。

　　拉赫曼是一位高产的诗人，一九六一年他出版了第一部诗集《第二次死亡前的第一支歌》，二十世纪六七十年代的政治动荡激发了诗人的创作热情，写下了不少著名诗篇，如反映一九六九年大规模起义的《阿萨德的衬衫》，孟加拉独立战争时期，拉赫曼的诗篇如《独立》等一直鼓舞孟加拉人民坚持斗争，在军营里被广为传诵。相继出版了《塌落的苍穹》（一九六七）、《走出集中营》（一九七二）、《爱情诗章》（一九八一）、《驼峰上行走的祖国》（一九八二）等六十六部诗集。他通晓诗歌韵律，也创作了大量自由体诗歌，其诗作给人以节奏跌宕起伏、意象新奇的印象。早期作品以情感抒发为主，带有浪漫主义色彩和现代生活气息，之后的题材逐渐广泛，对人道主义、宗教、民主以及民族解放等主题都有所表现。

　　拉赫曼曾获得过孟加拉国多个重要文学奖项，包括一九六九年获得的孟加拉研究院文学奖，一九七七年获得的"二十一日奖章"等。

独　立

独立，

你是泰戈尔的不朽诗篇、不灭的歌曲。

独立，

你是伟大的纳兹鲁尔·伊斯拉姆披肩鬈发的飞扬、

创造新世界的惊天动地的欢呼。

独立，

你是烈士纪念碑前二月二十一日[1]永放光芒的集会。

独立，

你是稻田里干活儿的农民淳朴的微笑。

独立，

你是烈日灼烤的年轻工人的肌肉隆起的臂膀。

独立，

你是漆黑的边境地区自由战士机敏的目光。

独立，

你是茶店里广场上风暴般的激烈争论。

独立，

你是年初掠过地平线的势不可挡的飓风。

独立，

你是七月梅格那河宽广无边的胸脯。

独立，

你是父亲虔诚祈祷时用的坐毯。

独立，

你是院子里母亲飘拂的洁净的纱丽。

独立，

1　二月二十一日：孟加拉国语言运动纪念日。

你是姐妹手心上抹的散沫花汁。

独立，

你是朋友们高举的光彩夺目的标语牌。

独立，

你是家庭主妇披散的浓密黑发，在清风中飘舞。

独立，

你是幼小的男孩穿的漂亮的花衣。

独立，

你是女孩娇嫩的脸蛋上阳光的嬉戏。

独立，

你是百花怒放的花园、杜鹃的歌鸣、

老榕树闪闪发光的绿叶；

是我一生写诗用不完的底稿本。

（白开元　译）

毁灭停止之后

混凝土之林、大汗淋漓的人流里，
告诉我，哪儿找得到你？
我年寿的资本一天天枯竭，
苍茫暮色已笼罩无头的都市。

是何时开始执着的寻觅？
疲惫成了我肢体的友人。
阿斯温月[1]锁闭的屋里，
关着你深沉而豪放的青春。

依稀记得雨季湍急苗条的
山涧在你身上翩翩起舞。
你浓发的幽静的凉荫里，
我企盼找到我的归宿。

我向你伸出求助的手，
因为得到了生活由衷的首肯。
你的眼光透射我的心田，
像火热的旱季落下沛然甘霖。

墙上我读到这样的宣言——
命运最终带来的是冷漠；
佐证是这河流和献金的田野，
我深爱你仍不倦地探寻天国。

1　阿斯温月：孟历六月，公历九月至十月。

肌肤触感幻灭的灼烧，
我仍积蓄梦中结果的忘记。
我至今追随你的影子，
明知清醒的法规业已消失。

我揣摸别人不会蒙受损失，
你若沉入忘却之海的洪波。
但我今生今世绝不可能
摆脱你回忆的痛苦折磨。

住在纷争的岁月的蜡宫里，
我的生存难免蒙上黑色灰烬。
四处听不到诚恳的许诺，
除了蛇，没有一根约束的细绳。

破坏在四周敲锣打鼓，
哪儿是你泯逝的足印？
灾难吞噬我热切的呼唤，
毁灭停止，可与你再度相逢？

（白开元　译）

一位老人

一位年逾古稀动作迟钝的老人

每天独自坐在旧沙发上,

木呆呆地瞅着

视之为生活的房间的一面墙。

当年他以善辩闻名政坛,

如今闪光的语言别离了他,

归于永久的沉默。

慢吞吞地端起茶杯的时候,

他的手发颤,目光迷离,

老眼像在梦中。

失去了权力,

他坠入无止境的黄昏的罗网,

脚下仿佛有挽歌般的无数卵石

在静静地滚动。

墙壁、鲜花、窗帘、床单、褪色的沙发扶手,

懒惰的象征——脚边躺着的一只狗的

含有询问意味的两只眼……

一面期望这一切东西生发词汇,

他晃悠的存在一面跋涉在无语的荒漠。

颇像无声电影的演员,

他偶尔翕动一下嘴唇。

旧宅的影子潜入他的灵魂,

无从知晓空舟何时扬帆起航。

落日在头颅里溶化,

一只瞎眼怪鸟试图远飞,

却翻滚着落在地上。

他的老伴患有高血压，

一个儿子在独立战争中丧生，

一个儿子离家出走，

另一个在中东开拓幸运之路；

唯一的女儿遥望着天边的彩霞消度时光。

绿叶点缀的迷梦

在他的心湖蔫垂下来。

桌上放着甜食、鸡蛋、澳大利亚苹果，

可他没有食欲。

突然，似有密密麻麻的彩蝶

在他屋里为他逼真地冲动，

嘴唇便又尝到昔日亲吻的甘甜。

胸子里一片空白，

泛黄的历史忽地翻过去许多页。

只有一个下午，一个黄昏，

犹如《往世书》描述的前世

在脑际浮动，播撒幻想的种子。

倒在残阳脚下的另一种冷寂

啄着他蚀耗着他。

不远处，空舟晃动起来，

四周兀地垂下混沌的暮霭。

（白开元　译）

征 兆

"不，不，消除你的孤寂，我实在
无能为力。"说罢，你极为细心地
收拾屋子整理物品；耳环从枕头下
取出戴上，动作麻利地梳理乱发。
洋溢熟悉气味的小屋是神经撕断
的王国，我是让顾忌锁住的囚犯。

这样的氛围里，传染的失望驱策
我猛地把你搂在胸前，说："消灭！
消灭我的孤独！从梦的地上抓住
我的手把我扶起。像一棵无皮树
立在森林里那样，你，站在我身边！
拥抱是护身符，相信能抵御灾难。"

你只得摘下耳环，尝试着驱逐孤独，
阴凉的枕头下飞泻浩荡的黑色瀑布。
四处我找谁的暗影？我的眼睛不是
你微睁的秀目，两个文明的悲哀
在颓唐的时刻贴着颤抖，一霎间，
我看见汪洋的征兆在你明眸里闪现。

（白开元　译）

若你不再回来

我不能想象，你会忘记我。
将我从心中抹去，
你
在这尘世上，漫步在走廊里，
你看着镜子，手指缠着头发，
你从发缝看到无尽头的花园小路，
从你手心就能看到闪烁的银色城，
你从心中将我抹去后，
你存在的世界会绽放花朵，
我不能想象。

当我想到，突然某一天
你会忘记我，
像忘记多日前读过的某本小说，
那时我害怕
身穿黑衫出现在我面前，
密密地在我脑海里踱步，
那时
我像被野马踢伤，
我转着圈哀号着，
因疲乏而逐渐沉寂，
就像迷途旅人哀号消失在广袤沙漠里。

离别时我不认为是真的，
我要你回来，
穿越记忆或遗忘的边缘，

掀起纱丽的波浪，平息不雅的喊叫，

平息所有的野蛮争吵，

你回来吧，回来吧！

像在梦幻阁楼上，

融入我的心跳里。

（张雅能　译）

阿萨德的衬衫

像一簇簇鲜红的夹竹桃，也像
落日时分的火烧云，
阿萨德的衬衫
在蓝天下的风中飘动。

姐姐不知何时用称心的金色细线，
在弟弟这一尘不染的衬衫上
缝上星星似的几颗纽扣。

年迈的母亲曾多少日子，
满怀慈爱在院中的阳光下
晾晒这件衬衫。

如今这件衬衫离开
有石榴树的柔荫和阳光照耀的母亲的院落，
在城市主干道在工厂的烟囱上，
在热闹大街的每个角落，
在我们心中的太阳照耀、口号声回响的原野上，
在每个觉醒的阵营中，
猎猎飘扬。

我们的软弱、恐惧、罪恶与羞愧……
这一切被一块人性的布遮盖，
阿萨德的衬衫如今是我们生命的旗帜。

（张幸　译）

我放心了

当你从遥远的地方
来到这小巷的转弯处，
在院子里留下足迹时，
我放心了。

当你让身躯之河上的
记忆之舟起航，升起风帆，
放飞祭坛上的鸽子时，
我放心了。

当我口干舌燥，你瞬间
变成双手捧起的一掬水，
满怀希望撒来目光之网时，
我放心了。

当你在嘴唇之港，
铺上鲜红的地毯，
在眼眸深处点燃晨光时，
我放心了。

风暴袭击的一片狼藉的花园里，
你是轻轻摇曳的最后一朵花！
你唤醒绿叶的生命时，
我放心了。

当午间你睡意惺忪，

做客的蝴蝶战战兢兢，
在你胸口冷不丁停下时，
我放心了。

当你成为流水之歌
在我体内在我的骨髓里
闪光的潮水上回荡时，
我放心了。

当你在我的嘴唇间
插一朵红玫瑰，让灵魂中的
枯叶飘落，热切呼唤我时，
我放心了。

当你在风中挥舞
被黑暗撕碎的我的旗帜，
或来荡涤污泥浊水时，
我放心了。

（张幸　译）

回　答

最美的姑娘啊，你可以仰望碧空说，
"这天空是我的"，
但蓝天不会附和。

傍晚时分，你可以手捧着山茶花说，
"花儿啊，你是我的"，
但花儿沉浸在自己的芳香中，默不作声。

月光洒落你的闺房，
你有权说，"这月光是我的"，
但月亮不会回应。

而我是人，你如看着我的眼睛说，
"你是我的"，我怎会保持沉默？
我会注视着你的明眸告白，
"我属于你，你也属于我"。

（张幸　译）

为了一首诗

我走到树前说：
"仁慈的树啊，你能给我一首诗吗？"
树说："如果你穿过我的粗皮，
融入我的髓心，那么
也许会得到一首诗。"

我在破残墙壁的耳边说：
"墙啊，你能给我一首诗吗？"
旧墙用被青苔压哑的声音说：
"如果你在我的破砖中粉身碎骨，那么
也许会得到一首诗。"

我走到一位老人跟前，跪下说：
"前辈啊，请给我一首诗吧！"
沉默的面纱揭开，响起智慧的声音：
"如果你把我脸上的皱纹
全移到你的脸上，那么
也许会得到一首诗。"

仅为获得几行诗，
在这老树、破残墙壁和老人面前，
我要跪等多久？
请你告诉我要多久？

（张幸　译）

萨义德·沙姆苏尔·豪克
（一九三五年至二〇一六年）

　　著名孟加拉国诗人、词作家和作家，出生在孟加拉国的古里格拉姆地区。他的一生对孟加拉语文学做出了巨大贡献。他于一九六六年获得孟加拉研究院文学奖，成为该奖项获得者中最年轻的一位，一九八四年获得孟加拉国"二十一日奖章"，二〇〇〇年获得由孟加拉国政府颁发的"独立日奖"。

　　他的文学创作生涯大约有六十二年，在诗歌、小说、戏剧、短篇小说和翻译等领域都有建树，因此也被称作"全能作家"。他的不少文学作品都被列入孟加拉国不同教育阶段的文学课程中。其主要作品有：诗集《从前一个王国里》（一九六一）、《无休止的节日》（一九六九）、《回声》（一九七六），长篇小说《美好岁月》（一九六二）、《蓝刺》（一九八一）、《禁忌之香》（一九九〇）、《云和机器》（一九九一），短篇小说《寒冷的下午》（一九五九）、《血玫瑰》（一九六四），戏剧《我们听到了脚步声》《妇女》等。此外，他还翻译了莎士比亚的《麦克白》《暴风雨》等。

一九七一年三月一日

看，我没有武器。但
我拥有的是那永不磨灭的武器，
每次使用后都会变得更加锋利——
我的生命。
我并不只有一条生命，而是成千上万的生命。

看，我没有旗帜。但
我拥有的那面旗帜
不在吹嘘者的旗杆上升起——
我的旗帜是母亲的面庞。
我并不只有一位母亲，而是有千千万万的母亲。

看，我被锁链拴着。但
这是什么锁链，
是我的千万条手臂。
在这链条中，我们每个人都彼此相连。

在母亲的子宫里，她的滴滴血液曾把我孕育；
我的心脏在她的生命闪光中跳动，
我的身体从她难忍的悲痛中诞生。

母亲啊，正是为了你，
今天我归还我的鲜血、我的生命，
这样，在悲痛结束后，
你可以再次成为亿万孩子的母亲。

（张幸 译）

语言深处的语言

仿佛铺展着蓝色丝绒般的夜晚，

皎月如金盘，星团如花簇，

人们似乎在巴格达见过这样的夜晚。

然而大火，可曾在大大小小黑暗的马路上

松开了安静的黑色长发？

身着伪装——如同哈伦·拉希德 [1]——走上街头，

此刻我的伙伴不是从前的太监哈波斯——

我的诗篇，是不离不弃的伙伴。

我畅饮文字的甘露是在哪天？！

至今舌头上有味道，感情中有不朽，

不，那不是我的，是我们语言的——啊，真棒！

没有语言的新闻，可说话使用语言。

和他说什么？和他？这是痴男的问题，

当情女与他讲别人的事情时。

难道只在诗中？那是语言——生命快乐的语言。

年轻情侣难道置身于熟稔的语言中？

在路上走着走着停下脚步——你为他做什么？

为何滔滔不绝？他回答：你嫉妒吗？

一天又一天，弦琴弹奏低微的乐音。

猴子手握一把剑——如今孟加拉是被利用的一具尸体。

语言深处的语言，思想深处的思想——

这话如果进不了耳朵，如果仍不觉醒，

那就找不到一九五二年和一九七一年。

国家在语言的深处，国家的嗓音在语言里。

---

1 哈伦·拉希德：阿拔斯帝国第五代哈里发。

谁为他送回生命和心灵？

今天谁仍是心灵与语言的情人？

人如不纵入泥淖如何拯救偶像？

腿跛了，砸碎大山仍是他当下的责任。

我这一生看到历史上血流如注——

卡尔巴拉[1]之战的鲜血溅红暮空，

那是遥远的往事，想起的是一九五二年——

二月二十一日的鲜血至今留在这卑微的胸口。

（边慧媛　译）

1　卡尔巴拉：伊斯兰教什叶派圣地之一。

二月二十一日的诗

文明的手腕上戴着时间的手表，

从婴儿诞生开始，弱小的身体、微弱的呼吸在人死灭的边界上，

说了那件事儿。喋喋不休地说了那件事儿——

热浪滚滚呼吸困难树叶飘落的拜沙克月[1]赤热的地平线上，

一定会飘来阿沙拉月[2]一团团乌云。

大海的咸水中，温软的泥岛，

心中孕育着绿色梦想之歌，

将对新升的太阳表达坚强誓言。

让无数抗议的浪潮来临吧，你要站稳。

藐视自然界的风暴，

你手握一把把红土，

散发着绿色气味的金色太阳，

会突然照亮你行进的路。

文明的手腕上戴着时间的手表，

从婴儿诞生开始，弱小的身体、微弱的呼吸在人死灭的边界上，

说了那件事儿。喋喋不休地说了那件事儿——

地球到处是求生的灵魂。在密集的人们的心中，

明亮火焰以不朽讯息卷起浪涛。

（刘运智　译）

1　拜沙克月：孟历一月，公历四月至五月。

2　阿沙拉月：孟历三月，公历六月至七月。

他是我们的人

你突然来到这个村庄，
四周没有公路，只有沼泽。

好像谁在哭泣流泪，
泪水中融合了她的眼影。

抑或是天空的蔚蓝，
在水盈的池沼投下了影子。

行者在这里停下脚步，
不管他姓甚名谁，他是我们的人，
他当然是我们的人。

（张幸　译）

爱的时光

夜晚的黑暗此刻成了我的画布，
你眼中的光是我的颜料。
曾抚摩过你的手指现在是我的画笔。
我描绘你睡眠的图画。
现在你躺在我的画里。
我不会将你从梦中唤醒。
从这不稳定的世界带来爱的双手，
此刻将你固定在稳定的画布上了。
世间所有的美人站在我身旁欣赏你，
我妒忌她们，因为她们没有被束缚。
过一会儿我将在你身旁躺下，
然后旁边就会长满青草。
月食后的月亮此时也出现了，
它将描绘你我二人的画面
——它将看到的都会看到。

（边慧媛　译）

法塞尔·沙哈布汀
（一九三六年至二〇一四年）

　　孟加拉国诗人、记者。生于孟加拉国库米拉市，一九六二年毕业于达卡贾格那特学院孟加拉语系，一九六五年出版了他的第一本书《饥饿的烈火中孤身一人》。他长期从事新闻工作，曾担任文学刊物《诗人之声》的编辑，还创办过自己的期刊。他在文学园地辛勤耕耘，在长达四十余年的创作生涯中，发表了二十七部作品，主要包括:《杀手的落日》《空中的森林》《期望的不美》《临近的呻吟》《无光无暗》等诗集；译著《受伤的龙母》；长篇小说《没有方向没有痕迹》；短篇小说集《落拓不羁的几个人》等。

　　法塞尔·沙哈布汀的诗歌风格独特，内容丰富，尤其以描述自然见长，曾被翻译成不同语言出版。一九七三年，他以其诗歌成就获得孟加拉研究院文学奖，一九八八年获得"二十一日奖章"。

我·自然

好像谁在河里
朝我投来一个透明的问题——
你为何一面呼吸一面摄入
这一圈圈涟漪，这水浪的起伏？

好像谁在无边无底的沧海
咕哝着朝我投来一个旋转的问题——
你为何将亿万年古老的狂涛
糅入你的血液？

好像谁在日月星辰装饰的天幕上面
朝我投来一个全身疲劳的问题——
你为何举手对虚无做出暗示？
为何在疾风后面奔跑？

好像谁在天生丽质的女郎的春心
一面招手一面问我——
你为何总在破灭的希冀的火苗里燃烧？
为何沉入爱恋的浩渺的火海？
你为何跌入称之为爱情的灰烬、
称之为性爱的炭火的炉膛？
你为何是称之为女人的一个谜的俘虏？

江河发问："你是谁？"
沧海喧嚷："你是谁？"
从青宵上面传来疲倦的声音："你是谁？"

从女郎羞怯成熟的春心飘来絮语:"你是谁?"

我答道:"我是词汇的静默的奇迹,

我是色彩的发颤的呐喊,

我是气味的难以置信的癖好,

我是摩挲的摇摇欲坠的广厦,

我是腾涌着古朴波浪的意象和情味的湖泊,

我是期望的凉荫的自我奉献。

哦,江河,你有我亲密的白浪。

哦,沧海,你有我恒久的风暴。

哦,九重天上的天空,

你有我罡风掠过的虚茫。

哦,美女,你是我幻灭的梦想的花朵。

我是那游戏那昭示,

我是那复苏那音韵,

我是那精灵那形态那梦幻,

它的名字叫

横贯肇始和终端

横贯昔日今时和未来的自然。"

(白开元　译)

夏天的灵魂里

没有人给我一滴水，

没有人给我一片绿荫，

我照样奔波于夏天灵魂的迷茫的腹中，

像个癫狂的骑士，

面对烜赫灰黄的热浪的包围。

夏日饕餮的酷热

使市民像引擎的白烟一样疲乏，

当无人愿意出屋上街，

昆虫鸟兽像吃冰激凌似的，

细啃慢嚼一小片阴影，

当达卡合作发展大街的躯体

遭到肆虐的车轮的无休止的强奸，

伤痕累累，丑陋不堪，

当美貌丰腴的阿梅达太太

坐在赤裸的烈日下

轮胎炸了的轿车的后排座上，

像晌午的兔子那般喘息，

眼前浮现安装空调机的梳妆室，

冰箱里的冰块和新鲜柠檬汁，

回忆在欧洲国家的一个宁静凉爽的下午，

当从清晨起一直呆坐的一个麻风病人

渴望十英尺开外凉荫的充沛的爱怜

气喘吁吁，恰似阿梅达太太

眼前闪现的是一串空虚——

饥饿一样的空虚疾病一样的空虚，

不可触及的活下去的空虚，

当他觉得亘古如斯的伟大的太阳

无异于烈火熊熊的地狱,

当他除了无情的干渴的伸长的赤舌

什么也看不见的时候,

夏日对我发出呼唤,

我便像癫狂的骑士

在六月的灵魂的腹中奔驰,

怀着夺取些许甜梦些许美景些许温情的信念;

我伫立着,

面对烜赫灰黄的热浪的包围,

没有人给我一滴水,

没有人给我一片绿荫。

(白开元　译)

奔向天帝的方向

黑白色的云朵在夜空中飘动
我已看见那靠近悠远地平线的阴影，
群鸟也乘着清风
翱翔长空。
多少种知名和不知名的鸟类，
睁着黑黑的眼睛无助地扇动着羽翎
消逝得无影无踪，
仿佛它们要连续飞越
大自然的所有界限。
一只滴着血的鸟儿也要长久飞行
凌乱地飞越多少生与死的黄昏黎明
这些鸟儿带着多少悲苦喜悦
各自向着天帝的方向驰骋
我已看见所有这些鸟儿都奔向天帝
翱翔在黑暗的夜空。
你我、群鸟、乌云，皆用我们的鲜血向
那位吞噬一切的天神进贡。

（董友忱　译）

某一天夜里

某一天夜里风儿纹丝不动
夜空中的群星宛如静止的图画
生活在静谧中。
我觉得一切都在走向死亡。
仿佛有谁让我飘荡沉浮
把我挟持到悠远的地方。
在四周的空气中
一种什么乐曲每过一个时辰
都会在内室奏响。
我真想伴随凝固的风儿死去。
某一天夜里风儿纹丝不动。
我真想走向死亡。
在世界的黑暗中混乱
无序的强势令人惊奇忧伤!

（董友忱　译）

孤独的哭泣

世界上的一切痛苦都汇集到梅克纳河的黑水里，
那一天我走到梅克纳河跟前。我看到了成群的
黑鸟自由地飞来飞去。
仿佛有一种倾向，痛苦者心里都很悲戚，
奔向远处大山旁边的湖岸边
朝着河对岸的方向走去。
我看见一些人在一片沙滩绿草地
漫不经心地把一些白净的花朵随便丢弃。
仿佛所有悲伤的人都渴望
裹尸布的颜色更加洁白无泥。
悲伤的人们都置身于黑水河畔白花丛中，
每个人都在一边喝着饮料一边絮语。
那一天在那里我看到，在你的眼前
仿佛黑鸟和白花与孤独的哭泣交织在一起。

（董友忱　译）

阿勒·马赫穆德

（一九三六年至二〇一九年）

　　全名米尔·阿卜杜斯·舒库尔·马赫穆德，孟加拉国诗人和小说家，被认为是二十世纪出现的最伟大的孟加拉诗人之一。他出生在今孟加拉国布拉曼巴里亚区的莫雷尔村，童年和中学教育都是在这个与布拉曼巴里亚镇相邻的村庄度过的。他以记者身份开始其职业生涯，在二十世纪五十年代，他是对孟加拉语言运动、民族主义、反对政治和经济压迫等斗争主题直言不讳的孟加拉诗人之一。他从底层民众的生活中攫取创作资源，成功地用于他的诗作，著有诗集《岁月之罐》（一九六六）、《金色嫁妆》（一九七三）和《打开神奇之幕》（一九七六）、《你的香气中鲜花盛开》（二〇一五）等。他的诗歌以大量孟加拉乡村生活为题材，经常使用地区方言，有词汇清丽、别具情味的特点，部分诗作曾被誉为孟加拉诗歌的里程碑。除了写诗之外，他还写短篇小说、长篇小说和散文。一九七五年开始在孟加拉国国家美术与表演艺术学院工作，直至一九九三年退休，其间曾担任该学院院长。

　　马赫穆德于一九六八年获孟加拉研究院文学奖，一九七二年获胡马雍·格比尔纪念奖，一九八六年获得"二十一日奖章"。

岁月之罐

极不情愿地睁大摄取景色的饥渴眼睛，

万物均已疲惫，远处无底的黑暗中"自然"也萎靡不振，

还剩下什么？啊，蔚蓝，啊，面纱！

我穿着披风般的寿衣，要颠沛流离多长时间？

世世代代，我凝视，

在我凝视的逼迫下，夜空像耸肩的公牛一样低眉垂首？

谁以锋利的长予刺得那全身黧黑的公牛

伤痕累累？

至今不清楚能刺落什么，

垂落的是鲜血、脂肪、火焰？抑或是白光？

日日夜夜，生命和怪异的地面上，

总有什么东西不停地垂落。

渐渐地，垂落停止。

那野牛仿佛融入了自然美景。你推开金罐，

啊，蔚蓝，啊，面纱，你站在景致后面？

一只光罐伏在天幕上，缓缓飘移。

但无人观察，无人想到这金罐在岁月之腹中畅饮。

之所以没有想到，是因为他们每天黎明看到浮现的

一个虚幻的黑暗之躯，在飘浮，不停地飘浮。

繁星、泥土被束缚，儿女和庄稼之上，

亿万泼辣的姑娘抓住男人的皮带。

星星难道只想把永不熄灭的生命的冲击塞进风筝之腹？

一只只灵魂的麻雀飞出肌肉之穴，

整个地球，你看，在注入凄苦的单词，

直至注满。

啊，蔚蓝，啊，面纱，
我难道不能成为这哀伤描述中的一行诗？
远离住宅区，远离炊烟、炉火和作料的气味，
在这罐丛中，我身穿寿衣，需多长时间斜躺着
观看金罐和公牛吵架？

（白开元　译）

诗歌是这样的

诗歌是儿时的回忆，已缥缈淡漠，
母亲脸色蜡黄像枝头上的黄鹂，
兄弟姐妹夜里无眠围坐火堆旁，
父亲回来了，单车铃响叮当，
叫母亲打开潮湿的南门。

诗歌是回来时蹚过的河流，
浓雾笼罩的路，清晨呼喊祷告或焚烧稻草，
吃饱薄饼泛起的芝麻香味，
杂草丛生的大哥的坟墓。

诗歌是四十六名成长中的少年
逃学去集会、自由、游行、旗帜，
在四周无声暴乱的火焰中
空手归来的兄长们痛苦地诉说。

诗歌是沙滩上的鸟，捡来的天鹅蛋，充满气味的草，
是媳妇手中脱缰走失的小牛，
是密信中写在蓝色信封上的字，
诗歌是小学女生散开头发的快乐。

（张雅能　译）

颤 抖

难道还没有结束，我们的奉献——获取？
静卧的少女已将玉臂举起，
在最后别离的渡口，
她呼唤我，向我致意，
我是她最后的一个故知。

诗句已经终结，
尾韵也已圆寂。
我急于出走，
上船的踏板在战栗。

如果我离去，再也没有人会在此处黑暗中停留，
一切都在飘逝，而现在难道我也会让黑暗飘走？
最后光明和黑暗带着我这样戏耍，
我的身体如同孟加拉国一样在瑟瑟颤抖。

（董友忱　译）

自　然

人们已走了那么远！
而如今我仍在令人困倦的雨中蹲坐。
当我把娇嫩的稻苗插进炼乳般柔软的土壤时，
我想，这片土地就是我亲爱的农妇。
就像沼泽地那样怀着泪湿的快乐的羞涩，
那妇人激奋她全身肥沃的承载。

雨水浸湿了田野。
仿佛有只湿淋淋的手放在我背上。
我抹尽感官所有感觉的痕迹，
仁慈地清醒了我的幽黑视线。

四周像科纳的咒语¹一般，雨淅淅沥沥地下了一整天。
我默不作声看着水蛇追田埂边逃命的鱼儿，
绿色的蚱蜢惊恐地跳上我的手臂。

仿佛在梦境中一样，田埂围着的这片农田的样子
在雨雾中不可思议的魔力下突然发生了变化。
美丽的大地被分裂成了三角形。
接着从那个几何图形中，
鱼群、鸟群、兽群和人群相继出现，
在我的意识中萦绕，相互吞噬。

（张幸　译）

1　科纳的咒语：由科纳创作的在孟加拉民间通过口传形式流传下来的唱诵，
内容包括农业、天文、健康等与生活相关的方面。

罗菲克·阿萨德
（一九四二年至二〇一六年）

　　孟加拉国诗人、编辑和作家，出生在今孟加拉国中部地区丹盖尔县古尼村的一个贵族家庭。于一九六五年和一九六七年在达卡大学获得孟加拉语文学学士和硕士学位。二十世纪六十年代末，他开始在丹盖尔的卡格马里学院担任教师，一九七一年孟加拉国独立战争时期，阿萨德弃笔从戎，战争结束后，他辞去教职成为孟加拉国第一批公务员。他于一九七二年至一九八四年在孟加拉研究院工作，担任文学月刊的执行编辑。此后曾多年担任孟加拉国国家图书中心主任，并于一九九五年回到孟加拉研究院。后任少数民族文化研究院的主任，并曾担任贾汉吉尔纳加尔大学文学院客座教授。

　　阿萨德被认为是后孟加拉独立战争时代最高产的年轻诗人之一。一生著有《自然与爱情的诗》等四十五部诗集，包括一部自传。他的第一部诗集于一九七三年出版，此后他开始在语言和诗歌形式方面进行不断创新，其中不乏超现实主义的方法。他称自己是"人类、自然和浪漫的爱好者"，通过诗歌不仅描绘了爱情与浪漫、贫穷与痛苦，也展现了城市与农村的景致与生活，并揭示社会不公。他的许多爱情诗，如《爱的定义》等曾多次出现在孟加拉电影、电视剧和其他媒体作品中。一九七四年他在孟加拉国经历最严重的饥荒时，发表了颇具争议的诗歌《给点米饭吃吧，混蛋！》，描述一个饥饿的人的愤怒。

他于一九九七年获"著名自由战士奖"，一九八四年获孟加拉研究院文学奖，二〇一三年被授予"二十一日奖章"。

生命是一条河的芳名

父母亲面部朝下
自那巍峨之处垂落——
那是疯狂的瀑布；
少年溪流的童年常被冲破
他怀里裹着碎石
不停地流向下坡——
那是一股毫无目的的水波。

这一条细小的溪流
就从恒河沙岛流过
冲刷着肥沃黏土
潺潺奔流，涛声不绝；
一路前行的溪水
与诸多草木交谈唠嗑；
一棵古老的无忧树
与之短时相遇，
相互致敬问候，
老树诚恳对他说：
"你不要匆忙地赶路，
你要慢慢地前行，
在你行走的路上
会遇到很多类树种：
有碧绿，也有鲜活——
在这些树的枝杈上
筑有小鸟喜爱的巢穴，
还有一些雏鸟啊——

他们的翅膀十分柔弱，

你的到来不会对这些

这树木及其受庇护者

带来任何伤害灾祸；

若你流经这片沃土，

请不要躲避这些鸟窝……

我不能赐你任何佳言赞歌；

江河的本性就是不停地流过。"

那些川流不息的激流

携带着两岸丰厚的泥土流经大地。

两岸房屋上八角形屋顶，

泥土灶台，古老铧犁，

低矮辣椒秧，西瓜地，

家养猫咪的喵喵叫声低语，

树上已挂果的果园，

床上枕头和破旧棉絮

这一切构成完整生活的乐曲。

大河两岸的金色生活

并没受损，依然快乐无比；

少年溪水十分后悔忧伤，

他那双溢满泪水的无助眼睛

抑制住叹息向两岸张望：

伫立在此岸上的女人要继续赶路，

而在彼岸边那不知忧愁的鸟窝

正在倾覆坠落，

他无能为力，不得不快速奔波。

因此他心里感到苦痛焦灼；

他的胸膛仿佛在撕裂——

感受撕心裂肺之体验——

这样的感受只能留存在心中……

可又有多少人知情！
你们晓得，河流是毁坏的君王！
他快速地冲击到岸的泥沙很多，
何时会给你们的家庭生活
带来稻谷的收获？

（董友忱　译）

竹尼亚——我的世外桃源

这个名称令人悲戚
一发此音就仿佛觉得它会破碎，
但其内部却蕴含着
它的真正恢宏之意。

竹尼亚是一个村庄，
它的内部很有力量，
可以公然同死亡
典籍的文明相对抗。

午夜里竹尼亚村静寂无声。
沉寂的团圆之月也很爱它，
竹尼亚具有真正佛教徒那种
孤寂品格的绿色自然风景；
竹尼亚是充满青春活力的
美丽的原始宜居土地
竹尼亚从未见过任何暴力，
又怎么会因子弹呼啸声而战栗？
每一棵树的叶片
从没见过人兽的残暴，
又怎么会感到惊悸？
竹尼亚是爱人类的。

在婆罗门的协助下竹尼亚居民
真正生活在幸福里。
现如今在这个文明社会的某些人

心目中已留下竹尼亚的印记，
一个亲密的竹尼亚
在一些人寂静的内心里扎下根基。

竹尼亚会包扎绷带，
竹尼亚懂得护理，
竹尼亚也懂得慰藉，
竹尼亚有时也知道
不能对任何人进行袭击；
竹尼亚喜欢宁静，
热爱和平，一片翠绿，
所以她清楚地表明
痛恨砍伐树木者。
竹尼亚不喜欢子弹的呼啸声。

竹尼亚对于流血
王权宝座等诸事
完全茫然无知；
竹尼亚总是把人们发现的
诸多毁灭性武器
抛弃到地中海里。

竹尼亚还希望三分之一的
人口洗净沾满鲜血的双手，
让他们接受教育。
竹尼亚人总是在讲，
要让世界上的所有战场
都种上鲜花，让大地充满芬芳。

竹尼亚人也有骄傲之处，

他们对于儿童女人特别偏爱眷顾。

看到屠杀儿童屠杀女人，

她就认为那是对人类文明的背叛亵渎。

竹尼亚并不是冷漠主义者，

竹尼亚日夜全身心地点燃希望的灯火蜡烛。

竹尼亚村人相信：

人们终究会忘记暴力仇恨，

互相间会成为

友好的邻邦至亲。

（董友忱　译）

给点米饭吃吧，混蛋！

我非常饿：饥肠辘辘，

全身每个部分都感到苦涩，

难以忍受的饥饿就像干旱无雨，

好似三四月田里燃烧的烈火，

饥饿的火焰，将身体炙烤着。

若每天两次能得到两把米饭，再也没有别的奢求。

很多人都想获取很多，

谁都有获得荣誉的欲望，

大家都希望：有钱财，有房有车；

而我的小小要求就是

填饱肚肠消除饥饿。

我需要米饭——这愿望直截了当，

不管冷热，粗细皆可；

即使有一份红米饭，

也没有什么不妥，我只需要一盘米饭：

若每天两次能得到两把米饭，再也没有别的奢求；

没有不合理的欲望，

甚至没有满足性饥饿的要求。

纱丽缠在肚脐以下的女士，

是纱丽的主人；

她需要什么，就让她带走，

有什么愿望，请满足她的需求，

可你知道，这一切我都不需要。

如果你不能满足我这一点小小要求，

在你的整个王国就会发生骚乱恶斗。

在饥饿者面前已没有什么好坏善恶之分，

也没有遵纪守法意识。

我面前有啥，我就会毫不犹豫地吃啥。

剩下的还没有吃，在走之前也会一口吞下。

如果我偶然有机会碰到你，

在恶魔般的饥饿面前就不会有开心的善举。

渴望一点米饭的饥饿若是把周围的一切都吞噬，

那你就会带着这种可怕的结果邀请我的。

旁观这种景象的人就会停止连续进食，

最后我会正常吃喝，草木，江河，

人行小径，排水沟渠，村庄屋舍，

来往行人，肥臀主妇，

高举着旗帜的食品部长及部长的汽车

今天在饥饿的我面前并非都毫无价值。

"给点米饭吃吧，混蛋！"

"不然我会吞掉地图册。"

（董友忱　译）

我如果得到爱

我如果得到爱，

会再次纠正人生的错误。

我如果得到爱，

会在漫长的旅途中一次次提起行囊。

我如果得到爱，

会在冬夜尽头找到天鹅绒般的时光。

我如果得到爱，

会跨越高山游过大海。

我如果得到爱，

我的天空将有行色匆匆的秋天的蓝色，

我如果得到爱，

会品尝到生活中的淳厚韵味。

（张幸　译）

爱的定义

爱是两个人的疯狂，
强烈地吸引彼此的心；
爱是冒着生命危险，
赤脚在离情沙滩上的行走。

爱是对彼此的无限依恋，
爱是倾盆大雨，
两人在不停息的
大雨的内外徘徊。

爱是已凉的一杯咖啡前
滔滔不绝的倾诉，
爱是心里话说完之后
面对面的静坐。

（张幸　译）

阿萨德·乔杜里
（一九四三年至今）

　　孟加拉国著名诗人、作家、翻译家、编辑和文化活动家。阿萨德·乔杜里于一九六四年在达卡大学完成孟加拉语专业硕士阶段学习，一九六四年至一九七二年曾做过学校教师，讲授孟加拉语言文学。孟加拉独立战争前后，他在加尔各答的独立孟加拉电台担任播音，同时在多家报刊担任助理编辑和记者。孟加拉国独立后，乔杜里任达卡的孟加拉研究院院长，退休后于一九八五至一九八八年在德国之声孟加拉语部担任编辑。乔杜里是孟加拉亚洲协会和孟加拉研究院成员，也曾担任广播电视从业人协会副主席，他曾任多职，并创作了大量不同体裁的文学作品，包括诗歌、传记、民间故事等，也曾做过翻译。他的主要诗歌作品包括诗集《在水中写作》（一九八二）、《爱情诗》（一九八五）、《悲伤的故事》（一九八七）、《熟悉的风》（一九九八）、《诗歌选集》（二〇〇二）等。

　　乔杜里于一九七五年获阿布尔·哈桑纪念奖，一九八七年获孟加拉研究院文学奖，二〇一三年获孟加拉国政府颁发的"二十一日奖章"。

致烈士

应该对你们说的话，

孟加拉国说了吗？

最后一句是幸福的话？

是仇恨的话？

是愤怒的话？

还是要报复的话？

究竟是哪一句？

或许是一种幸福的话，

或许心中是满意的。

此行是幸福的。

你们走了，犹如清风吹拂，

犹如弯弯曲曲很深的大河

遮盖着湍流，

犹如展翅飞翔的鸟儿

在天空消失。

傍晚时分杜鹃在屋檐

或在灰暗枝头上啼叫时，

对火药气味的回忆

覆盖大千世界，

击败鲜花的芳香，

这时传来一阵阵口号声。

应该对你们说的话

孟加拉国说了吗？

（刘运智　译）

你是第一位诗人，第一个叛逆者

你刚刚走进学院，

就在东部边境，

用枪声建造勇敢的"边境"。

有关两个教派[1]的理论的毛茸茸的黑魔爪，

把四季常青的金色孟加拉

撕成碎片，乡村城镇

成为恐怖世界，响彻哀号。

桌上烛光微微闪烁，

外面响着淅淅沥沥的轻柔雨声，

你轻轻推开记忆的窗户。

鲁巴[2]家中来了客人，

没有数有几位艺术家。

记得有著名歌手莫莫达兹。

十分兴奋，面前是四只茶杯

您是主要客人，该先讲话，

但您在大雨声中

一直讲自己的经历。

在瓦吉乌拉学院，

演讲、抗议、游行、演出，

罗梅斯·希尔[3]和阿布尔·法查尔[4]

1　两个教派：指印度教和伊斯兰教。

2　鲁巴：诗人的女性朋友。

3　罗梅斯·希尔（一八七七年至一九六七年）：是孟加拉吟游诗人，二〇〇二年孟加拉国政府授予他"二十一日奖章"。

4　阿布尔·法查尔（一九〇三年至一九八三年）：是孟加拉国著名文学家，生前曾任总统教育文化顾问。

卡里姆·萨拉菲[1]无所畏惧的行动

有何影响？后来发生了什么？

今天您滔滔不绝！摇晃着梦中记忆。

你为有关两个教派的理论挖掘坟墓，

伙伴越来越多，

讨论音乐、戏剧、文学，

"教派主义"没有机会插嘴，

发着高烧，您将写不朽诗篇，

独自在记者俱乐部的小屋里，手指可曾发抖？

卡纳富利河在涨潮，

河流欢快地汇入大海。

达卡、加尔各答、苏贾格洛丹迪、

昆迪、库米拉，哪儿没有诗人？

那是良好开端，烈士纪念碑急切招手的样子，

融入萨瓦尔的永恒建筑里。

这难道是终结？

一项项收获化为尘土，

新的灾祸、原教旨主义、恐怖主义来自西方，

人权豢养的箴言仿佛是

四周专制的凶悍，

诗人在游行队伍里迈着坚定步伐，

谁一口气吹得军管逃逸？

诗人可曾看到孟加拉的惨状？

演讲中，交谈中，电影院和剧院的小银幕的

魔术箱中，发出哪个孟加拉的

疯狂呐喊？啊，洪流！

你是第一位诗人，第一个叛逆者，

1　卡里姆·萨拉菲（一九二四年至二〇一〇年）：是孟加拉国著名泰戈尔歌曲演唱家。

在这艰难的日子里，
我想起你的笑脸，你的胆识，
四周懦弱的旁边，没有你。

（刘运智　译）

那时我是个真正的人

河水中有火
雨水中有火
女英雄忧伤的眼神里
有火。

曲调中有火
诗歌中有火
死者的眼中有火
这事谁会想到?

猫狗又挠又叫
毒蛇仰头吐信
鲶鱼支起犄角
沙砾起火燃烧。

自由军里有火
梦想的洪流里
掀起抗议风暴
让非正义发抖。

此刻这些成了梦话
从远方听来的故事,
那时我是真正的人
现在微不足道。

（张雅能　译）

杂　想

就在头上
被蛇咬了——
这下懂得毒蛇咬伤，
线该绑在哪里，
用黑线？
怎样防止中毒？

视线里出现模糊的面庞
辨不清是谁的嗓音时
就已在蒙眬中昏昏欲睡
我看到头下的两个枕头
已被汗水浸湿。

离家的人们空手而归
人力车工人横冲直撞
又一家黄麻厂已经关闭……

（张幸　译）

近 日

现在
仍是黑暗
迷茫的黑暗
窗户如果保持开着会如何
一直关着又会怎样？

道德缺失下
眼中的光，
曾几何时已经消失，
在童年，
日记里会写着这一切吗？

（张幸　译）

穆罕默德·罗菲克
（一九四三年至今）

　　孟加拉国诗人、作家与教师。一九四三年出生在今孟加拉国巴格哈特的拜特布尔村，后进入达卡大学学习。在达卡大学求学时期，国家正经历着政治上的不稳定，他作为政治活动家，曾两次被捕入狱。巴基斯坦军事法庭曾判处他十年徒刑，后来被提前释放，完成了学业。在孟加拉国独立战争期间，穆罕默德·罗菲克曾作为地区指挥者激励自由战士，也曾在著名的独立孟加拉广播电台工作。

　　在他的诗集中，不仅表达了独特的个人观点和变换的创作风格，而且还反映了祖国命运的变化。在孟加拉国一度受军事独裁统治期间，罗菲克发表了《公开诗》，并以传单形式在全国各地流传，发出了第一个公开反对军事专制制度的声音。为此他曾遭通缉，被迫隐居。

　　穆罕默德·罗菲克曾在吉大港政府学院等多所学校担任教师，后在贾汉吉尔纳加尔大学英语系工作了三十年，于二〇〇九年退休。他于一九八一年获得阿劳尔文学奖，一九八七年获得孟加拉研究院文学奖，二〇一〇年获得"二十一日奖章"。

啊祖国啊我的孟加拉国

你的身躯像锋利的宝剑

高大笔挺

一排排

沙椤树

矗立在两边；

如同长久等待之后

慌张地亲吻

你的两颊双唇闪过战栗，今夜

焦急等待的

压抑的颤动

也浮现在枝叶间；仿佛兀鹰的

翅膀搅起恐怖之海的恶浪；

你身体的颜色

如炽热的金子

沾染公路的每颗尘粒，

满天凝聚着

眼珠似的

一块块湿润浓密的黑云

少顷或许将下雨，

如同从棕榈树和坚果树的

枝叶渗出的血浆

滴落在你的路上，

从敌人的刺刀

滴落你生命似的

鲜红的热血

一滴滴落在田野河埠阡陌上；

我们几个人
挤在这公路上行驶的
一辆卡车上
举着雪亮的刺刀
我们几个人
在这无缝的黑夜里
带着你爱的债务
血的债务
以血报仇；

不啻是霞光空气月亮
或阳光中
母亲啊你的体内
也弥散着恶臭，
从所有疲惫不堪的
年轻战士的汗水
浸湿的破汗衫
从铺着的脏垫子
散发出令人作呕的气味；
母亲啊这融合了
你身上气味的臭气中，
我们的未来仿佛
像新生者
在空气中游戏般伸手蹬足；

不只在运河沼泽原野上
不只在河流沟渠的水上
也不只在希达昆杜[1]的山岭中，

1　希达昆杜：孟加拉国吉大港山区。

在这雨水淋湿

沾粘烂泥的帐篷里

仿佛你的地图

也像许多查鲁尔小树苗

朝气蓬勃，

长在我们的心田。

山坡上一条条战壕里

手摁着步枪扳机

我的母亲啊，

我们每天看见

成千上万被强奸的瘦弱女子

和男人一起，

怎样躲过

敌人的恐吓子弹刺刀封锁，

走过一个个营地

步伐坚定

撕破雾幔，

像太阳

第一抹破碎的微光

走向颤抖的前景！

多年之后

一个个夜尽时分

刺破黑暗的厚幕

冷凛沉稳的太阳

好像断垣残壁的缝隙中

长出的榕树幼苗

冉冉升起，

在多年期待的

欢乐时刻

也许将看见

你寓所旁边

光洁的石级上

残留的

一两滴黯淡的血迹，

那时你会想起

最亲的人

我们几个人曾

怀着坚定信念

带着你爱的债务

血的债务

在一个亿万只鬣狗

嚎叫的

鬼魂游荡的黑夜

前去

以血

报仇？

（白开元　译）

获取还是不获取

人生中很多东西都被我放弃
甚至也包括你，
不过如果你做出贡献，
那也是在黑洞中寻觅索取。
只要你留下来，
就会把灯盏点起。
何时会在四周空寂的道路上
撒下珍珠宝石？
沙石滚落声伴随着洪水的撞击，
有时像渴望死亡而发出的叹息；
从两半大脑中有时也会萌生出
带有方向性错误的祝词。
无需超越河岸的对面地平线
用手向完整无损的阴影示意，
可你却日夜陶醉在无底的深渊里。
黑暗中弥漫着刚绽蕾开放的鲜花香气；
因为我离开了你，
于是我就飘向书稿的章节中
变成诗歌中的咒语。
还是应该去做此生应该做的事。

（董友忱　译）

需要咒语

一些时间我生活在梦境中
然后在做噩梦的黑夜虽然被惊醒，
可并没真清醒，依然有些麻木
内心有时会感到很沉重。
就在如此难以忍受的时候时间在推移，
由于缺少雨水而渴望渗出汁液的身体感到疼痛
白昼离开三四月份的中午慢慢离去，如果白昼离去
在很远处七八月份的早晨就会露出面庞
备受煎熬的饥饿感已在头脑里发出嗡嗡声，
看来最后还不是炙烤在作祟，
那就让一些该离去的都离去
只让自己在满意之时承受负重。
美梦让疲惫的身体承载噩梦的负荷；
空荡荡的心胸需要斋戒沐浴咒语的抚摩！

（董友忱　译）

摆脱诅咒

我烧毁了房屋家舍

不动声色地毁掉了家庭生活；

任意地杀戮了一些人，

在周围唱起杀人献祭之歌。

尸体被抛到街上的尘埃里

看到了尸体滴血不止，

于是我发出残忍而可怕的笑声

我不知道死者是谁，也不想知道是谁，

不过我认为他们是敌人

所以我挥舞刀剑，扔出手雷！

这都出自为满足我畸形嗜杀的邪恶之念。

于是建起了山一样高的毁灭之塔楼。

或许在五百年后的来世，

我能够摆脱诅咒，

或许是在超越这个年限的时候！

（董友忱　译）

沙希娜

沙希娜，我希望和你一起出逃，

诗行排列总要符合诗歌韵律才好

没有什么会比你的死亡更让我悲戚；

亲爱的，你不要离我而去！

这是最后时刻的痛心之语。

达卡城在熊熊燃烧的火焰中坍塌倒闭，

当时即使还活着，眼中的生命也危在旦夕。

黑暗降临，你无可奈何地坠落在地。

此后死神驾到，将你徐徐收入怀里。

刹那间你在幻想中绝不束手就缚。

哪里有过居所？何处还有儿女笑脸、房屋家舍？

用一块雪白的裹尸布你将尸体包裹。

现如今你翱翔在无法回忆的广袤天空。

负罪的灵魂因悔恨已经破碎而不成形。

也许某些人都会有这种负罪感

不过，妹妹，请你原谅我这种无能的激动

沙希娜，我想成为你的伴侣，

可是这条路如今已经堵死；

明天的好运希冀藏在心里；

我生活在诗歌中，就像沾在石头上的一片泥。

煤烟砖灰石灰粉，都是大厦里的废弃祭品

我已经陷入不知廉耻的堕落深渊里；

我知道，你会一次又一次穿破

坟墓的土层，终究会觉醒！

（董友忱　译）

滋　味

冬季下午的阳光惬意温馨，
情味中充满生活的滋味；
被记得或忘却的一群蜜蜂
在温柔的热度中甜蜜酣睡。
数百次转世降生的渴望在心中涌动，
我独自沉浸在木讷的思考遐想之中。
四周飞行的鸟儿打消了睡意，
成群行走的昆虫蜘蛛聚集在一起，
在始终接续前行的时光中
我拖着疲惫的身体来到家中阳台里！

（董友忱　译）

阿布尔·哈桑

（一九四七年至一九七五年）

  孟加拉国诗人、记者。一九四七年出生于现今孟加拉国戈巴尔甘吉地区。一九六九年从达卡大学英语专业本科辍学之后，阿布尔·哈桑开始在《伊德法克日刊》从事新闻工作。后在《人民孟加拉》和《每日人群》中担任助理编辑。

  在一九七〇年的亚洲诗歌大赛中，阿布尔崭露头角，一举夺魁。尽管在他短暂的一生中，写作时间还不到十年，但阿布尔依然在现代孟加拉语诗坛中占据着重要的位置。他的诗中充满着死亡与别离的意象，表达着感伤、克制和孤独的情感。他的诗集有《国王去来》（一九七二）、《你夺走的》（一九七四）、《独立沙发》（一九七五）。另有诗歌戏剧《那几人》（一九八八）和《阿布尔·哈桑文集》（一九九〇）出版于他逝世之后。

  他一九七五年十一月英年早逝，年仅二十八岁。去世后被追授孟加拉研究院文学奖、"二十一日奖章"。

孤　独

这个少女没有奢望。
不指望有太多的俏丽太多的自由，
她期望得到的真的很少。

她在镜子前欣赏自己的胴体，
坐了一个中午，
她希望母亲数落她，父亲看到她闷闷不乐。

这个少女真的没有奢望。
不想看到人群聚集、熙熙攘攘、人来人往，
她期望得到的很少很少。

一泓清泉
令她即刻感到干渴；
只希望一个小伙子
说她是个漂亮姑娘。

（张幸　译）

奇异花园

你走了，可是我的留下了，我会留住

我的伶仃只影、迷失的笑靥、眼睛、我的缘分、

潮水退却后岸边留下的垃圾、水莲花。

河流的冲积层，或许是生命种子，首饰，踟蹰的蜗牛。

你走后，胸膛里的一切真会消失？

口腔里那排肮脏的牙齿，这眼睛

在骷髅下有一朵柔软孤寂的花儿，

那是我的手指，我的愿望和希冀？

我知道，有些东西永远闪光，永远纯净。

你走了，可是我的你依然永存，无所不在！

不存在的会是我孤独的小屋，我的住所！

我会悄然归去，无人知道，无人相识；

我引发悲哀无眠的歌，人们会觉得与空旷庭院很般配。

（刘丽文　译）

希　冀

你会是我的天空吗?
我要化作云朵
依照心意将你装扮。

你会是我的河流吗?
感谢你亲密的拥抱,
我会化作扁舟驶向陌生的秘境。

你会是我的月光吗?
我会在你的梦幻网中迷失,
忘记一切现实,献出自己。

你会是我的陵墓吗?
我会在你沉静的冷风中
度过我无尽的长眠。

（刘丽文　译）

路德罗·穆罕默德·沙希杜拉
（一九五六年至一九九一年）

孟加拉国诗人，出生在孟加拉国波利沙尔地区一个中产阶级家庭，毕业于达卡大学孟加拉语专业，获硕士学位。一九八二年，路德罗与孟加拉国著名女诗人达斯丽玛·纳斯林结婚，一九八六年二人离婚。一九九一年，路德罗因滥用药物与抑郁症，突然离世。自一九九一年起，每年在诗人故居都会举行名为"路德罗集会"的活动，以此悼念这位才华横溢、英年早逝的诗人。

路德罗·穆罕默德·沙希杜拉以其反抗与浪漫的创作风格蜚声诗坛，被认为是二十世纪八十年代孟加拉国具有代表性的诗人之一。争取民族独立、主权在民和反对教派主义、支持世俗主义等主题在路德罗的诗歌作品中皆有体现，其诗歌代表作有《空气中尸体的气味》《集中营》等。此外，路德罗也创作了多首脍炙人口的歌词作品。其中，根据其充满凄美的诗歌遗作《我的躯体内外灵魂深处》所改编的歌曲《我很好，你也保重》在孟加拉国和印度西孟加拉邦广受好评，流行至今。

他曾于一九八〇年获穆尼尔·乔杜里纪念奖；一九九七年，其遗作《我的躯体内外灵魂深处》被追授孟加拉国影视记者协会奖。

集中营

他的眼睛被蒙上。

大兵第一棍打得他满面血污。

苍白的双唇被血染红，

舌头一动两颗碎牙落在地上。

妈……妈呀……他号叫起来。

抽了一半的三五牌香烟

先烫到他的胸膛。

肉被烤焦的臭味在屋里弥漫。

在点燃的香烟烧灼下，

他身上起了水疱像串串葡萄。

第二棍打得他身体似弯弓，

这次他已无法喊叫。

他被仰天放倒。

两双粗糙的黑皮靴踩在他胸膛上。

因他说了吃不饱饭饥饿难耐的话，

他说了衣不蔽体的话，

就是这个原因，

他被拉扯着撕破了衬衫，

裤子脱落了，此刻他赤裸可怖。

他的两只手——

曾握起双拳愤怒挥舞成为游行队伍的旗帜。

他那贴过海报发过传单

的双手被铁锤砸烂。

那活生生的手，活生生的人手，

他的十根手指

抚摸过母亲的脸庞，兄弟的身躯和

爱人下巴的雀斑。

手指触摸过同样发过誓言战友的手，

触摸过梦想的武器。

铁锤砸碎了他的手指。

那活生生的手指，人类活生生的象征。

用铁钳将他无辜的指甲一个个拔掉，

多么灿烂的血红色！

他死了。

洒下的血鲜红的血

似凤凰花围绕他的尸体，

他被砸烂的一只手，

落在孟加拉地图上，

鲜血从那手上汩汩流出。

（边慧媛　译）

离去不是分离

离去不是离别——不是分离
离去不是断了联系，泪水浸漫长夜
如果离去，也会有更多我的存在
在我不出现的时空中延续。

我知道，每个人都必须服从于终极真理——
生命是美好的
天空，空气，山川，海洋
绿色环绕的大自然是美好的
而最美好的是这样活着
然而，可以永远活着吗？
告别的竹笛吹响
载人归去的轿车停在门前
离开这个生活过的美好世界
每个人都不得不深吸一口气
去往一个未知的目的地
突然，不知名的鸟儿鸣叫起
下意识惊觉
生命，是结束了吗？
每个人都会空手离去，
不得不离去……

（张幸 译）

我的躯体内外灵魂深处

你在我的躯体内外灵魂深处，
占据了我的内心全部。

如同花儿用花瓣遮盖果实的酣睡，
你密集的步履，
覆盖着我心田的大道。

如同贝蚌用外壳掩藏珍珠的欢愉，
在我心海的蓝色港口，
感受到你深挚的抚摸。

我很好，你也保重，
用天上的地址给我写信，
为我这个行吟艺人的心，
戴上你的花环。

你在我的躯体内外灵魂深处，
占据了我的内心全部。

（张幸　译）

译后记

　　此次负责《"一带一路"沿线国家诗歌经典文库》中《孟加拉国诗选》的编译工作，使我既感荣幸又深知责任重大。这是我国第一本以孟加拉国作为国别选材的孟加拉语汉译诗歌选集，在即将付梓之际仍在惶惑，担心在有限篇幅中从浩瀚的现代孟加拉文学诗海中所选取的代表性诗作能否同时被孟中两国学界和读者所认可。

　　泰戈尔文学作品的传播使我国读者对孟加拉语文学尤其是诗歌并不陌生，但对泰戈尔诗作以外的其他孟加拉语诗歌，尤其是由孟加拉国诗人创作的诗歌却了解有限。迄今为止被翻译成中文的孟加拉国诗作屈指可数，唯一成书出版的仅为伊斯拉姆的两部诗选：《伊斯拉姆诗选》（黄宝生、石真译）（北京：人民文学出版社，一九七九年）和《卡齐·纳兹鲁尔·伊斯拉姆诗歌选》（白开元译）（北京：中国国际广播出版社，二〇〇六年）。除此之外，也只有查希姆乌汀、沙姆苏尔·拉赫曼、萨义德·阿里·阿赫桑和法塞尔·沙哈布汀这四位诗人的共十首代表作被译为中文并发表于《世界诗库》第九卷（白开元译）（广州：花城出版社，一九九四年）。

　　这本《孟加拉国诗选》中，有二十八首是在上述已翻译发表的诗歌中直接选录的，这些译作，堪作目前孟加拉语诗歌优秀译作的代表。石真先生是我国早期东方学家、翻译家，是第一位将孟加拉语诗歌原文作品翻译成中文并介绍给国内读者的前辈，感谢她的女儿吴葳女士对本诗选编译工作的大力支持，也借此诗选的出版作为对石真先生在我国孟加拉语事业中所做贡献的缅怀和纪念。黄宝生先生是我国著名梵语巴利语专家、印度学家、翻译家，他所翻译的《叛逆者》等伊斯拉姆的诗作虽转译自英语译本，但无论对作品的理解还是对作者原意的表达，都可谓思想性与艺术性结合之佳作，感谢他对此次编译工作的支持。

　　白开元先生是我国孟加拉语的资深翻译家、译审，尤其擅长对孟加拉语诗歌的翻译。感谢他对本诗选编译的鼎力相助，不但及时提供了已发表的译作，还承担了本次新选重点诗作的翻译。尤其感谢他不辞辛劳，热心为新译作品中遇到的问题排忧解难，对《锦绣原野》《为了祖国》《阿萨德的衬衫》《我放心了》《回答》《为了一首诗》《语言深处的语言》《二月二十一日的诗》《他是我们的人》《我·自然》《我如果得到爱》《爱的定义》《致烈士》《你是第一位诗人，第一个叛逆者》《孤独》《我的躯体内外灵魂深处》十六首诗歌译作进行了悉心指导和细致审校，使翻译中的难点疑点得到解决，提升了译作质量。这部诗选的问世与他一以贯之的鼓励和鞭策是分不开的。

　　本诗选共有四十四首为首次译自孟加拉原文本的新译诗作，翻译团队体现了新老结合的特点。老一辈翻译家除了白开元先生，我还有幸邀请到孟加拉语文学翻译的前辈董友忱先生和刘运智先生。他们是我国目前最年长的孟加拉语专家，在耄耋之年，仍精神矍铄、笔耕不辍，对孟加拉语文学作品在中国的译介工作孜孜不倦。董友忱先生是国际孟加拉学会会长，对孟加拉文学作品尤其是泰戈尔作品的翻译研究著作等身；刘运智先生是毕业于北大东语系的前辈，曾作为外交官长期在加尔各答和达卡工作与学习，积淀了丰厚的南亚学及孟加拉语言文学造诣，退休后专致孟加拉文学作品的翻译。在此，对他们的热心支持、不吝提携谨致谢忱。

　　年轻译者边慧媛、张雅能和刘丽文在接受翻译任务时都还是北大南亚学系的研究生，他们有印地语本科基础，在学习了两年孟加拉语之后，凭借掌握的孟加拉语技能和对孟加拉文学的喜爱投入孟加拉诗歌研读，展现出对孟加拉语文学翻译的热情和能力，给这部诗选注入青春的活力。非常感谢刘运智先生对他们的译作《报答》《若你不再回来》《爱的时光》《诗歌是这样的》《那时我是个真正的人》《奇异花园》《希冀》《集中营》给予认真校对。

　　在诗选全书目录制定和文本收集的过程中，得到了孟加拉国的达卡大学、孟加拉研究院（达卡）和印度的孟加拉研究院（加尔各答）、德里大学的大力支持。特别感谢达卡大学孟加拉语系 Rafique Ullah Khan 教授、

Rupa Chakraborty 教授，国际孟加拉学会前会长、已故的孟加拉研究院（达卡）前院长 Anisuzzaman 教授。还要感谢印度的孟加拉研究院 Pabitra Sarkar 教授和德里大学孟加拉语系 Amitava Chakraborty 教授对本诗选提供的各种无私帮助。

本诗选的编译过程由于主客观原因拖延至今，在此向始终给予帮助支持的作家出版社徐乐女士深表歉意，同时，对为本诗选得以出版而辛勤付出的她及其同事们表示由衷感谢。

北京大学的孟加拉语课程开设于二〇〇四年，至今仍是我国高校中唯一专为研究生开设孟加拉语及其文化研究课程的高校，以培养南亚教学科研人才，发展传统印度学和现代南亚学研究为主要目的。南亚地区多民族多语种多元文化的特点要求南亚学系的师生在教学科研中掌握和运用多门语言，这也是季羡林先生等老一辈学者留下的学术传统。我有幸成为首位北大孟加拉语课程的授课教师，多年来的授课经历和与同学们相处的时光，留给我在燕园最珍贵美好的记忆。特别是在课堂上讲解孟加拉语诗歌时，经常能听到同学们才情并茂地对作品发表各自的独到见解，让我体会到教学相长、兼容并包的乐趣。

季羡林先生生前曾多次提到孟加拉语言文学的重要性，在他九十多岁高龄时仍当面叮嘱：南亚文学研究离不开孟加拉语言文学，一定要将北大的孟加拉语工作开展好。多年来我一直铭记于心。这本《孟加拉国诗选》的出版或许可以告慰他，已经有更多人加入到孟加拉语言文学在中国的研究和传播队伍中，也会有更多孟加拉语文学及诗歌作品用中文译介给国内读者。

雪莱曾忧虑诗歌翻译是想要把诗人的创作复制到另一种语言中去，就好比把一朵紫罗兰扔进了坩埚，还想找到原来的色泽和香味。这比喻虽过于极端，但也确实出于诗人对诗作翻译不易的看法，作为译者的我们在遇到翻译瓶颈时也会感同身受，体会过一时找不出能准确对应并充分体现原文含义的词汇时那种无奈与苦恼。泰戈尔用自己的实践回应了雪莱，他获得诺贝尔文学奖的诗集《吉檀迦利》中的诗歌是由孟加拉语原作自译成英语的，为诗歌翻译树立了标杆。每一种语言的词汇表达都有自己的特点，孟加拉语中的同义词与多义词尤为丰富，这给翻译带来不少挑战，如何准确把握诗作原意，深刻体现原作思想，生动表达诗作的诗意诗蕴，是译者永远的追求。董友忱先生说，孟加拉语文学作品的翻译是一项始终留有遗憾的工作。我们只有不断努力才能减少遗憾。囿于我的编译水平，且我和年轻译者们对孟加拉语诗歌的解读翻译与前辈相比还有较大差距，本诗选一定存在不少错谬瑕疵，期待各位读者批评指正。

张幸

二〇二二年秋于燕园

总　跋

　　经过两年多时间的筹备与组织，"'一带一路'沿线国家经典诗歌文库"
终于陆续付梓出版，此刻的心情复杂而忐忑，既有对即将拨云见日的满满
期待，更有即将面见读者的惴惴不安。

　　该项目于二〇一五年下半年开始酝酿，其中亦有不少波折和犹疑。接
触这个项目的所有人都无一例外地认为，这是应该做而且只有北大才能做
的事情，也无一例外地深知它的难度。

　　"一带一路"跨度大、范围广，多语言、多民族、多宗教、多文明
交融，具有鲜明的文化多样性特征。整个沿线共有六十余个国家，计有
七十八种官方或通用语言，合并相同语言后仍有五十三种语言，分属九大
语系。古丝绸之路尽管开始于政治军事，繁荣于商旅交通，但其更重要的
意义在于促进了人类文明的交往。它连接了中国、印度、波斯和罗马等文
明古国，跨越埃及文明、巴比伦文明、印度文明、中华文明的发祥地，是
东西方文明交流互鉴的重要通道。

　　如何更好地展现"一带一路"沿线人民的文化特质和精神财富，诗歌
无疑是最好的窗口。诗歌是文学王冠上的明珠，精敛文学之魂魄，而经典
诗歌则凝聚着各个国家民族的文化精神和文化理想，深刻反映沿线国家独
有的价值观和对世界的认识。长期以来，中国学界和出版界一直比较重视
欧美发达国家诗歌的译介与研究，对发展中国家尤其是一些弱小国家的诗
歌研究存在着严重忽略的现象。我们希望通过对"一带一路"沿线国家经
典诗歌的研究，深刻地了解一个国家，理解它的人民，与之建立互信，促
进国内学界对"一带一路"沿线国家文学、文化和文明的了解，弥补我国
诗歌文化中的短板，并为中国诗歌走向世界提供思路和借鉴，从而带动与
"一带一路"沿线国家的深层次交流，为中国的对外交往和"一带一路"
倡议的实施提供人文支撑。

北京大学外国语学院组织国内外相关领域的专家学者，于二〇一六年一月，正式启动"'一带一路'沿线国家经典诗歌文库"项目。该项目以北京大学人文学科的优良传统和北大外语学科的深厚积淀为基础，以研究和阐释"一带一路"沿线国家厚重的历史、文化内涵为己任，充分发挥本学科在文学、文化研究领域的传统优势和引领作用，积极配合和支持国家的"一带一路"倡议，为中外优秀文化的研究、互鉴和传播做出本学科应有的贡献。

北京大学外国语学院牵头组织的"'一带一路'沿线国家经典诗歌文库"项目，旨在翻译、收集、整理和编辑"一带一路"沿线六十余个国家的诗歌经典作品，所选诗歌范围既包括经典的作家作品，也包括由作家整理的、具有广泛影响力的史诗、民间诗歌等；既包括用对象国官方语言创作的诗歌，也包括用各种民族语言创作、广泛传播的诗歌作品。每部诗集包括诗歌发展概况、诗歌译作、作者简介等三个部分。

在此基础上，形成由五十本编译诗集构成的"'一带一路'沿线国家经典诗歌文库"第一批成果，这将弥补中国外国文学界在外国诗歌翻译与研究方面的不足，特别是对部分"一带一路"沿线国家的经典诗歌开展填补空白式的翻译与原创性研究工作具有重大意义，同时对沿线诸多历史较短的新建国家的文学史书写将具有十分重要的价值。

该项目自启动以来，先后成立了编委会和秘书组，确定项目实施方案、编译专家遴选以及编选的诗歌经典目录，并被确定为北京大学一百二十周年校庆的重要出版项目之一，得到学校、校友及社会各界的大力支持，建立起以北京大学外国语学院为核心，汇集国内外相关领域知名专家学者、翻译家的翻译、编辑团队，形成了一个具有高度共识和研究能力的学术共同体。

在这个共同体中的每个人都是幸福的，与诗为伴，以理想会友，没有功利，只有情怀。没有人问过我们为什么要做，每个人只关心怎样可以做得更好。无论是一无所有之时还是期待拿到国家出版基金支持之日，我们的翻译团队从没有过犹豫和迟疑，仿佛有没有经费支持只是我一个人需要关心的事情，而他们是信任我的。面对他们，我没有退路，唯有比他们更加勇往直前。好在我一直是被上苍眷顾和佑护的人，只要不为一己之利，就总能无往不胜。序言中，赵振江教授说了很多感谢的话，都代表我的心声，在此不再重复。我想说的是，感谢你们所有人，让我此生此世遇见你们。如果可以，我还想在此感谢我的挚爱亲人，从没有机会把"谢谢"说出口，却是你们成就了今天的我。

　　希望通过我们台前幕后每一个人的努力，把"'一带一路'沿线国家经典诗歌文库"项目打造成沿线国家共同参与的地域性的文化精品工程，使"文库"成为让古老文明在当代世界文化中重新焕发光彩、发挥积极作用的纽带和桥梁。

　　人也许渺小，但诗与精神永恒。

宁　琦

写于二〇一八年"文库"付梓前夜

北京

图书在版编目（CIP）数据

孟加拉国诗选 / 张幸编译 . -- 北京 : 作家出版社，2023.3
（"一带一路"沿线国家经典诗歌文库 . 第一辑）
ISBN 978-7-5212-1699-8

Ⅰ. ①孟…　Ⅱ. ①张…　Ⅲ. ①诗集 - 孟加拉国　Ⅳ. ① I354.2

中国版本图书馆 CIP 数据核字（2021）第 270321 号

孟加拉国诗选

主　　编：赵振江
副 主 编：蒋朗朗　宁　琦　张　陵　黄怒波
编 译 者：张　幸
选题策划：丹曾文化
特约编审：懿　翎
责任编辑：徐　乐
装帧设计：曹全弘
出版发行：作家出版社有限公司
社　　址：北京农展馆南里 10 号　　　邮　　编：100125
电话传真：86-10-65067186（发行中心及邮购部）
　　　　　86-10-65004079（总编室）
E-mail:zuojia @ zuojia.net.cn
http://www.zuojiachubanshe.com
印　　刷：河北鹏润印刷有限公司
成品尺寸：160×240
字　　数：223 千
印　　张：11.125
版　　次：2023 年 3 月第 1 版
印　　次：2023 年 3 月第 1 次印刷
ISBN 978-7-5212-1699-8
定　　价：56.00 元